U0659179

人生的片段

〔法〕莫泊桑等 著

周瘦鹃 译

广陵书社

图书在版编目（ＣＩＰ）数据

人生的片段 / （法）莫泊桑等著；周瘦鹃译. -- 扬
州：广陵书社，2020.3（2022.3重印）
（一生低首紫罗兰：周瘦鹃文集 / 陈武主编）
ISBN 978-7-5554-1385-1

Ⅰ. ①人… Ⅱ. ①莫… ②周… Ⅲ. ①短篇小说－小
说集－世界 Ⅳ. ①I14

中国版本图书馆CIP数据核字(2019)第280928号

书　　名	人生的片段	丛 书 名	一生低首紫罗兰——周瘦鹃文集
著　　者	〔法〕莫泊桑等	丛书主编	陈　武
译　　者	周瘦鹃	特约编辑	罗路晗
责任编辑	罗晶菊	封面设计	琥珀视觉
出 版 人	曾学文		

出版发行　广陵书社
　　　　　扬州市四望亭路 2-4 号　　　　邮编：225001
　　　　　(0514)85228081(总编办)　　　85228088(发行部)
　　　　　http://www.yzglpub.com　　　E-mail:yzglss@163.com
印　　刷　三河市华东印刷有限公司

开　　本　787mm×1092mm　　1/32
字　　数　125 千字
印　　张　8
版　　次　2020 年 3 月第 1 版
印　　次　2022 年 3 月第 2 次印刷
书　　号　ISBN 978-7-5554-1385-1
定　　价　48.00 元

目录

人生的片段

一生低首紫罗兰 周瘦鹃 文集

〔法〕莫泊桑等 著

周瘦鹃 译

广陵书社

图书在版编目（ＣＩＰ）数据

人生的片段 ／（法）莫泊桑等著；周瘦鹃译. -- 扬
州：广陵书社，2020.3（2022.3重印）
（一生低首紫罗兰：周瘦鹃文集 / 陈武主编）
ISBN 978-7-5554-1385-1

Ⅰ. ①人… Ⅱ. ①莫… ②周… Ⅲ. ①短篇小说－小
说集－世界 Ⅳ. ①I14

中国版本图书馆CIP数据核字(2019)第280928号

书　　名	人生的片段	丛 书 名	一生低首紫罗兰——周瘦鹃文集
著　　者	〔法〕莫泊桑等	丛书主编	陈　武
译　　者	周瘦鹃	特约编辑	罗路晗
责任编辑	罗晶菊	封面设计	琥珀视觉
出 版 人	曾学文		

出版发行 广陵书社
扬州市四望亭路 2-4 号　　　　邮编：225001
(0514)85228081 (总办公)　　85228088 (发行部)
http://www.yzglpub.com　　E - mail:yzglss@163.com

印　　刷 三河市华东印刷有限公司

开　　本	787mm×1092mm　　1/32
字　　数	125 千字
印　　张	8
版　　次	2020 年 3 月第 1 版
印　　次	2022 年 3 月第 2 次印刷
书　　号	ISBN 978-7-5554-1385-1
定　　价	48.00 元

惩　骄

施土活夫人 [①]　原著（美）

　　施土活夫人（Mrs.Stowe）闺名曰海丽爱皮邱（Harriet Bēe-cher），为世界名著《叔父汤姆之茅舍》（*Uncel Tom's Cabin*，按即林译《黑奴吁天录》一书之作者）。以一八一一年六月十四

[①]　今译为斯陀夫人。

日生于康奈的格（Connecticut）州之利区菲尔（Litchfield）。初从其姊喀瑟玲（Catherine）读书于哈脱福（Hartford），后即在新西奈的（Cincinnati）城中合设一学校，绛帐桃李，如云集焉。一八三六年，适教士施土活氏（Rev.C.E.Stowe）移居梅恩州（Maine）之勃伦斯维（Brunswick），遂从事于文学。一八四九年，刊其第一种之说部，曰《山栌》（*The Mayflower*）。越两年，即成《叔父汤姆之茅舍》一书，投稿某杂志中，苦口婆心，为黑奴请命，读者靡不感动，而施土活夫人之名遂亦大著。厥后又著《崛来特》（Dred）、《牧师之情史》（*The Minister's Wooing*）、《莎伦土之安格妮司》（*Agnes of Sorrinto*）、《古镇之民》（*Oldtown Folks*）诸书，以一八九六年七月一日卒于哈脱福。

一所精舍的窗下，有一棵很大的苹果树。每逢艳阳之天，这树上便开满了千朵万朵的红花。一片胭脂色，照眼欲笑。到了秋天，一半儿便结成了鲜艳红润的苹果。也像那艳艳春花，一般可爱。这上边的窗中，便是一间育儿房。房里的墙上，糊着一色碧绿的纸儿。窗前垂着薄纱的窗帷，洁白如雪。每天早上，总有五个小孩子，到这房里来。身上都还穿着睡衣，那黄金之发，也散满了一头，大家正在那里候着更衣梳洗呢。那两个最大的唤作爱丽丝和曼丽，都是明眸玉颊、七八岁的小娃娃。她们肩下却是两个壮硕的小子，一个叫杰密，一个叫却利。最小的名唤爱伦，只大家却替她起了外号，唤她作小猫儿。他们姊妹兄弟间，也都小猫儿小鸟儿的乱嚷乱叫，表示他们的亲热。每天大清早，总有五个小头从这窗中探将出来，接近那繁花密叶的苹果树。因为有一对知更雀，在近窗的一根桠枝上造了个美丽光致的窠儿。它们天天衔泥劈枝，忙着造窠。那五双明如春星的小眼睛，也天天瞧着它们。那两只知更雀见他们瞧着，先还有些怯生生的。后来瞧惯了，倒也不大在意。觉得这窗中五个卷发如蚕的小头，正和那四下里的红苹果花和那树下的雏菊杯形花，没有什么分别。至于那五个小孩子呢，自然也很爱这一对知更雀。见他们造窠，总得出力相助。有的丢几团棉花过去，有的丢些丝线绒线过去。为了这个，却利竟在他摇床中的绒被上弄了个窟窿。

爱丽丝也把她的袜带剪了个两段。大家争先投赠，十分慷慨。好在那知更雀随到随受，来者不拒。不论什么东西，都会造在窠里，造得也工致动目，俨然有建筑家的本领。大家瞧了，快乐得什么似的，往往向它们两个说道："小鸟儿，小鸟儿，我们把被儿中的棉花，和袜儿上的绒线，一股脑儿送给你们，你们可能温暖咧？"末后他们做这慈善事业，益发热心了。却利竟从他阿妹头上截下了一卷艳艳黄金发，丢将过去。姊妹们见那发儿金丝似的在那窠里飘着，都拍手欢笑起来。窠儿成时，煞是可爱。那小孩子便一起唤它作"我们的窠"。又称那知更雀是"我们的鸟儿"。

哪知有一天，他们益发兴高采烈了。原来一天早上，他们的小眼睛张开来时，陡地望见那窠里已有了个浅青色的蛋儿。以后每天总多了一个，他们也一天快乐一天。五天以后，早有了五个蛋儿。于是大家得意着说道："这五个蛋儿实是送给我们的，不久我们各人就能得一个鸟儿咧。"说时，便笑着跳舞起来。往后那母鸟就天天坐在那蛋上。每天朝夜，这育儿房的窗中，倘有一个小头探将出来时，总见那母鸟一双又圆又明的眸子，骨碌碌地转着，也似乎很恳切地等小鸟出来呢。那五个小孩子，最是性急不过的，渐觉等得不耐烦咧。但是每天就餐时，依旧取了面包糕饼放在窗栏上，给那母鸟吃。那母鸟也依旧耐性儿，坐在那蛋儿上。一天杰密很不耐地说道："不知道它可要等多少时候，我不信它再会孵成什么小鸟儿呢。"那小爱丽丝却很庄严地说道："怎么不会，你等着吧！杰密，这些事儿，你哪里知道来。要知孵成小鸟，原不是一天两天的事。据老撒姆和我说，他家的老母鸡须在蛋上坐了三来复，才能孵成小鸡呢。"但是要他们五双小眼睛，巴巴地望它三来复，也是很气闷的。当下杰密便说知更雀的蛋儿比鸡蛋儿小，哪里要这三来复的工夫。这种道理，谁也不明白来。杰密平时往往自负明白，仿佛世上万事，他没一件不知道的。所以在姊妹们中，也自以为是个大阿哥。只大家虽是议论着这知更雀的孵蛋问题，究竟脑筋简单，论不出什么究竟来。但是一天早上，大家探头到窗外瞧时，却见那双圆溜溜亮晶晶的小眼睛，已不知道往哪里去了？但见那窠儿里似乎有一堆毛茸茸的东西，大家一瞧，禁不住嚷将起来道："咦，妈妈，快来瞧，那老鸟儿忽地抛下了窠儿去咧。"正这样嚷着，猛可地瞧见那窠里张开了五张红红的小嘴来，原来那一堆毛茸茸的东西，正是五只小鸟。只为挤在一起，所以瞧不分明。那时曼丽开口说道："这些东西好不可怕。我却不知道鸟儿初生时，竟像是怪物呢。"杰密道："瞧它们仿佛单生着嘴儿，没有身体似的。"却利道："我们该喂它们才是。"说时，扯了一小块姜饼，向那窠儿丢去。一壁说道："小鸟儿，这些姜饼送给你们吃的。"谁知这一丢却恰恰丢在窠外，掉在那杯形花中，倒受用了两个蟋蟀，给它们饱餐了一顿。这当儿他们的母亲放声说道："却利，你可仔细着。我们并不知道那喂小鸟的法儿，还是让它们爸爸妈妈回来喂吧。它们两口子大清早飞将出去，就是替他们小的去觅早饭的呢。"

那母亲的话儿果然不错，正这样说着，陡见那密司脱①知更雀和密昔司②知更雀，已穿过了这苹果树上一条条的绿枝，飞到它们窠里。那五只小嘴，便不约而同地张了开来。那老子娘便把嘴儿逐一凑上，不知道送了些

---

① 即先生。
② 即夫人。

什么东西进去。那小孩子们天天瞧那一对老鸟喂着小鸟，直当作一件最有趣的事。那母鸟喂食的时候，就坐在窠上，把翅膀去熨暖它的子女。那老子却坐在这苹果树的最高枝上，得意扬扬地瞧着。一天又一天，瞧五头小鸟儿已渐渐儿长大起来。起初瞧去不过是五只红红的嘴儿，到此已成了五头羽毛斑驳、躯体壮硕的小知更雀。眼儿又圆又明，又带着狡猾的样子，恰像它们老子娘一个样儿。那小孩子们见它们已长大了，便又唧唧哝哝地谈论起来。曼丽道："我想给我鸟儿题一个名字，叫它棕色眼。"杰密道："我的就唤作元首，因为我知道它也定能变成一头出类拔萃、独一无二的鸟儿。"爱丽丝道："我的鸟儿就叫作歌手吧。"到此那个最小的爱伦也嚷将起来道："我的该唤作秃笛。平日间你们不是惯常唤我秃笛利的么！"却利也大呼道："我们该向秃笛利道贺，因为他的鸟儿最是可爱呢。至于我的那头，就唤作斑点如何？"此时那五头小鸟，居然都有了名儿了。

它们渐长渐大，挤在一窠里头。那小孩子们瞧着它们，不知不觉地记起一首小诗来。诗意说是鸟儿同在一窠，总很和睦。孩子们同在一家，却要相骂打架，那是很可羞的事。他们时时唱着这诗儿，以为这些话万万没有错的。只是眼前瞧了那五头小知更雀的情景，却有些不合起来。原来它们相骂打架的功夫，也和小孩子们没有什么高下。那五头小鸟中最强最大的便是元首，往往挤着它弟妹们乱吵乱闹。吃东西时，也总抢那最多的一份。每逢密昔司知更雀带了什么好些的东西回来，那元首的红嘴儿便张得大大的。不但如此，且还骚扰个不了，仿佛这窠儿都是它一人的天下一般。它母亲瞧不过去，时时教训它不许贪嘴，有时故意使它老等着，先喂了弟妹，然后喂它。然而它却老大的不服气，一等母亲出去，就在它弟妹身上报仇，闹得翻天覆地，扰乱窠中的治安。那斑点倒是一头很有精神的鸟儿，见元首这样不法，总伸着嘴儿，去啄它几下。双方不肯退让，动不动就斗将起来。可怜那棕色眼原是一头温柔和善的鸟儿，见它哥儿们斗时，总瑟瑟缩缩地避在壁角里发抖，害怕得什么似的。至于那秃笛和歌手倒像两个好姊妹，彼此十分和睦，整日价没有什么事，只唧唧哝哝地闲谈着。有时还骂它们阿兄行为恶劣，毫不回护。从此打架相骂的声音，时时杂然而起，直使它们窠中再也没有太平的日子。总而言之，这密司脱和密昔司知更雀的家庭，并不是那诗人意想中的家庭。

一天，元首忽地向它老子娘说道："这老窠儿简直是个拥挤沉闷的洞儿，使人如何耐得。况且我们这么大了，也该出去逛逛，可能把飞行的功课，教了我们，放我们出去么？"它母亲答道："我亲爱的孩子，我们只等你们羽毛丰满，有了气力，便须教你们飞咧。"它老子也接着说道："你还是很小一头鸟儿，该好好儿服从你老子娘才是。耐性儿等到羽毛丰满了，自然由你到处飞翔呢。"元首一声儿也不响，把它的小尾儿搁在窠儿的边上，向那下边绿油油的草儿和黄澄澄的金花菜望着，又望那上边蔚蓝色的天空，一壁悄悄地在那里想道：这是哪里说起？我还须等到羽毛丰满么？阿父阿母都是些迟慢的老东西，偏要把那种呆蠢的意见，挫折我一往直前的勇气。它们倘再这样迟迟不发，吾可要自由行动咧。只消趁它们不知不觉的当儿，便一飞冲天而去。不见那些燕子，翩翩跹跹的在那碧空中掠来掠去，好不自在。我也须像它们一个样儿，才得意咧。末后它那两个妹子劝它道："亲爱的阿兄，我们小时，先该学柔顺服从，才合正道。

等我们阿父阿母说什么时候该出去时，方能出去。"元首勃然道："你们女孩子懂什么飞行之道！"斑点道："不是这般说。我们男女都是一样的，你倘要出去，谁稀罕来。因为你在窠中，委实给你占了好多位置呢。"那时它们的母亲恰好从外边飞回来，即忙上前说道："唉，我亲爱的孩子们，我难道不能教你们相亲相爱，一块儿度日么？"大家同声答道："这都是元首的过失。"元首嚷道："都是我的过失么？你们倒好，凡是这窠中有了什么错事，都推在我一个人身上。你们说我多占了位置，索性让你们也好。不见我此刻早已缩在一边，我的位置，也早已被斑点占去咧。"斑点冷然道："谁要你的位置来，这里尽由你进来呢。"这时它母亲又出来说道："我亲爱的孩子，快到里头来，做一头好好儿的小鸟。如此在你自己方面，也觉得快乐。"元首道："说来说去，总是这几句老生常谈。委实说，我在这窠中已觉太大，该出去见见世面。不见这世界之上，正满着许多美丽的东西么。就是这里树下也天天总有一只明眼美丽的生物到来，很要我飞将下去，和它一块儿在草上顽一会子呢。"它母亲很吃惊地说道："我的儿，我的儿，你可留心着。这一个外貌可爱的东西，实是我们最可怕的仇敌，它的名儿就唤作猫。要知这猫儿简直是个张牙舞爪的大怪物呢。"那些小鸟们一听这话，都瑟瑟地颤将起来，即忙挤紧在窠里，一动都不敢动。只那元首却兀是不信，心中自语道：我已长得这么大了，哪里还信这话儿，阿母也一定是和我开顽笑，并非实有其事的。我倒要使它们瞧我可有没有照顾自己的能力。

第二天早上，它老子娘出去时，元首便又站在那窠儿的边上，向下边一望，恰见那猫小姐正在树下雏菊丛中洗脸呢。它那毛儿，甚是光滑，又像雏菊花一般雪白。两个眼儿黄澄澄的，瞧去也很可爱。那时它抬眼向树上望着，眼光中带着那种勾魂摄魄的魔力。一面说道："小鸟儿，小鸟儿，快到下边来，猫儿要和你们顽呢。"元首很快乐地说道："只瞧它那双眼儿，好不像黄金铸成的。"当下斑点和歌手忙道："别瞧它，它正在那里迷惑你，然后想吃掉你呢。"元首把它的短尾儿一面在窠上挥着，一面说道："我倒要瞧它怎样吃我下去，它直是个最美丽、最温柔的生物，但要我们下去和它一块儿顽罢咧。我们也不妨下去顽它一会，这个老窠里，哪有什么顽意儿。"这时那下边的两只黄色眼中，又射出两道勾魂摄魄的情光，注在元首眼中。接着又放出一种银钟也似的声音来道："小鸟儿，小鸟儿，快到下边来，猫儿要和你们顽呢。"元首又道："它那脚掌也白白的，活像是天鹅绒，并且煞是温软。我想里边一定没有利爪藏着呢。"它那两个阿妹即忙喊道："别去，阿兄，别去。"不多一会，那育儿房的窗中，忽地起了一片可怕的呼声道："呀，妈妈，快来瞧，快来瞧，那元首陡从窠中掉将下来，已被我们的猫儿抓住咧。"那猫儿衔着元首，得意洋洋地跑了开去。可怜元首兀在它利齿之间，不住地动弹着，叵耐总挣扎不去。这狡恶的猫儿也并不就要吃掉它，正照着刚才说着的话儿，要和它顽一会子。当下便衔着元首，一口气赶到那蘡葜丛中一处静僻所在。那育儿房窗中四个头儿，便也忙得什么似的，兀是在那里东张西望的观望着。

看官们可知道猫儿玩弄那鸟儿、鼠儿的法儿么？它先把那鸟儿、鼠儿放在地上，假做要赦免它们的样子。但等那鸟儿、鼠儿准备脱逃时，就扑地跳将上去，抓住了纳在口中摇动着，戏弄虐待，无所不至。瞧它们去死近了，才一口吞将下去。它们为什么使这毒计，做书的也无从知道，但知道这是猫儿的天性罢咧。那时杰密声嘶力竭地嚷起来道："呀，它在哪里？它在哪里？此刻该赶快找到了我可怜的元首，然后杀死那可怕的恶猫。"正在这当儿，那密司脱和密昔司知更雀恰恰飞将回来，也和着元首姊妹们悲声叫着。密昔司知更雀一双明眼，原很尖锐，一眼望见它儿子辗转蘡薁丛下，给那猫儿拍着滚着，于是鼓着两翅飞下来，躲在那丛草之上，不住地吱吱狂叫，叫得那小孩子们一起赶了出来。杰密立刻钻入蘡薁丛中，一把捉住了那猫儿，口中还衔着元首，兀是不放，只禁不得他打了两三下，就把元首放了。元首虽经了一番痛苦，幸而没有伤生。不过身上血痕狼藉，已弄得不成样儿。羽毛既捋脱了一半，一个翅膀也折成了两截，瞧去怪可怜的。那些孩子们都惨然说道："可怜的元首，性命怕不保咧。我们可有什么法儿救它？"他们的母亲说道："只把它依旧放在窠中，它母亲自有法儿救它呢。"于是掇了一乘梯子，他们的父亲便爬将上去，把那元首好好儿放在窠中。过了一时，那其余的四头小知更雀都学着飞了，掠东掠西，好不兴头。只这可怜的元首，却闷躲在窠里，垂着个断翅，飞动不得。后来杰密怀着一片慈善之心，特做了一只精致的小笼，把它放在里头，天天把东西喂它。元首只在笼中往来跳着，似乎已很满意。然而它一辈子却变作了个不能飞的知更雀咧。

（选自《欧美名家短篇小说丛刻》，中华书局 1917 年版）

洪　水

哀密叶查拉（Emile Zola）[①]　原著（法）

哀密叶查拉（Emile Zola）以一八四〇年四月十二日生于巴黎。父为意大利人，母法产。入圣路易书院（Lycee Seint-Louis）肄业，未得学位。自二十岁至二十二岁时，贫困潦倒，无以为生。因投

[①]　今译为左拉。

身一书肆中，司包裹书籍之役，并习印刷术。迨一八六五年末，已尽得其奥。暇时颇专心于文墨，而人皆淡漠视之。一八六四年间，刊其第一种之著作，曰《尼侬故事》(Contes a Ninon)，十年后则又刊一续编，曰《尼侬新故事》(Nouveaux Contes a Ninon)，盖皆汇其短篇小说而成者。著作既日富，名亦由是日著。尝与同时名小说家莆劳白氏（Fcaubert）[1]、桃苔氏（Deudet）[2]、杜瑾纳夫氏（Turgeuief，俄国大小说家)[3]等结社，讨论小说，旁及天然学理。国中文家争趋之，一时称盛。自一八七一年至一八九三年间，成小说二十卷，综名之曰《罗盎麦卡家》(Les Rougon-Macquart)，中如《罗盎家之运命》(La Fortune des Rougons)、《宴会》(La Curee)、《陷阱》(L'Assommoir)、《梦》(Le Reve)、《钱》(L'Argent)、《柏司格医士》(Le Docteur Pascal)、《堕落》(La Débâecle)等，均负盛名。而《胚胎》(Germinal)、《巴黎之胃》

---

① 今译为福楼拜。
② 今译为都德。
③ 今译为屠格涅夫。

（*Le Ventre de Paris*）诸作，则苦口婆心，颇能道巴黎小民之疾苦者。二书尝编为剧本，演之梨园，观者靡不泣下。一八九八年有某军官者，以细故被黜，氏为不平，毁谤军法裁判，不遗余力。寻被逮，将监禁一年，并罚锾三千法郎。氏脱逃，走英伦，逾年始归。一九〇二年九月二十九日，以不慎，中煤气卒。

一

老夫名唤路易罗卜，行年七十，生在圣郁莱村中。这村儿去都路士不过数里，位置恰在耶泷河边。十四年来，我手胼足胝的和田亩搏战，挣一些儿面包，赡养一家。多谢上天厚我，福星高照，一个月前，居然给我做了全村中第一个富翁。我们一家，自然得意。那一片欢云乐雾，笼罩在我们屋顶之下。就那一轮红日，也好似和我们结了深交。以前的田荒岁歉，早忘了个干净，再也记不起来。我们田屋中一家人口，差不多有一打之数，一块儿熙熙攘攘，同享安乐。我虽老了，身体却还健旺。时时指天画地，教儿孙们怎样工作。我有一个阿弟，名唤庇亚尔，是个信仰独身主义的老鳏夫。从前曾在军中当过军曹，如今却归老故乡了。又有一个弱妹，名唤阿加珊，是个治理家政的老斲轮手。身儿强壮，性儿和善。从她丈夫过世以后，就来和我们住在一起。平素很喜欢笑，长笑一声，直能从村头达到村尾。除了他们俩，都是些小辈咧。我儿子唤作耶克，媳妇唤作罗丝，相亲相爱，彼此很合得来。膝下有三个女孩子，叫作哀美、佛绿尼克、玛丽。那长的已出阁了，她丈夫唤作西泊林包桑，是个赳赳桓桓的少年。一块儿已生了两个孩子，一个两岁，一个还只十个月。佛绿尼克刚和村中一个很有出息的孩子唤作亚斯伯拉布都的订婚，心中煞是满意。玛丽娇小玲珑，玉雪可念，瞧去简直是镇中的女郎，哪里像什么农家女。我们全家合住一起，可巧十人。我既是老祖父，又是外曾祖。瞧着这一堂儿孙，心花怒放。每逢晚膳时，我总居中坐着，唤阿妹阿加珊坐在右边，阿弟庇亚尔坐在左边。其余孩子们都轮着年岁，围桌而坐。从我儿子耶克起，到那十个月的外曾孙止，并着我们三个老的，恰恰成了个圆形。大家相对大嚼，兴高百倍。我每吃一口东西，心儿也觉得一喜。有时那些孩子们一个个伸着手儿向我，齐着那几串呖呖珠喉，嚷道："祖父，再给些儿面包我吃，要一块大些的。"我听了这种声音，血管中一时充塞了无限的骄气乐意，连个嘴儿也嘻开了合不拢来。这几年来，委实好算是我一辈子得意之秋。窗牖帘栊间，荡满了一片娇歌声。到了红窗灯上，庇亚尔便发明了种种新游戏，和孩子们一块儿顽着。或者眉飞色舞，讲他军中的遗闻轶事。每逢来复日，阿加珊总得烘了糕饼，给孩子们吃。玛丽冰雪聪明，向来知道几阕赞美歌，便不时调着玉喉，宛转娇唱起来。瞧她正襟危坐，云发垂肩，也活像是天上神圣一般。当着哀美和西泊林结婚的时候，我曾在屋上加了一层楼房，顿时觉得显焕了许多。所以我时常借此和孩子们调笑，说等佛绿尼克嫁亚斯伯时，便须再加一层。这样嫁一个，加一层，娶一个，加一层，眼见将来我们这屋子可要上蟊霄汉和那老天接吻咧。我们一家老小，自然都很爱这屋子，简直没一个舍得下它。既然生在此中，也愿死在此中。往后我们人口繁衍起来，直能在田场后边造他一个镇，给大家厮守在一块儿呢。

洪　水　　　　19

这也不在话下。且说去春五月，风光十分明媚，数年来田中收获，从没像今年这样有望。一天我同着儿子耶克巡行田亩，在三点钟光景一同出发。那时我们草场上一片嫩绿，好似在耶泷河边铺了一条碧绒毯子。那草儿已长长的，齐到膝盖。就那去年种植的柳树林，也已有一码多长。我们一路走去，瞧那麦田和葡萄园，见他们的面积，也随着我进款年年扩张。田中麦穗摇风，满眼都像黄金铺地似的。葡萄正在作花，开得甚是烂漫。知道今年葡萄的收成也正不恶。耶克瞧了，笑着拍我的肩儿道："阿父，像这个样儿，我们不忧日后没得美酒面包吃咧。我瞧阿父定然得了那万能上帝的欢心，所以把那整千整万的金钱，像雨儿般撒在你的地土上。"这当儿我听了耶克的话，觉得他说得着实不错。我似乎真个得了天上神圣的欢心，种种好运，都进了我家的门儿。村中旁的人家，哪一家及得上我这样飞黄腾达。风潮起时，雹霰乱飞，独有我田中，却仍安然无恙。好像飞到我家田边，立刻停住的一般。邻家的葡萄花开不结，我园中却分外茂盛。借着他们的架儿，倒像围了个屏风，保护我家葡萄似的。于是我想天公报施，毕竟不爽。可是我平日间待人不错，从不做那种损人利己的勾当。因此上天公这样相报呢。我们一路回去时，又到村中对面的桑林杏林中瞧去。这两个树林，也是我家之物。只见这壁厢桑叶抽绿，那壁厢杏子飞黄，我们瞧了觉得此中也正有无数的金钱，在那里铿锵作响。便一路上谈笑回家去，更商量我们将来发展的大计划。打算集了一份大资本，把那些邻家的田园一起收买了来。从此教区的一角，全个儿归了我家，岂不很好。要是今年收成丰足，一到秋间，我们这好梦便能变成事实咧。我们父子俩回到了田场，却见罗丝正在门外，忽地挥着手儿，向我们大呼道："快些儿到这里来，快些儿到这里来。"我们不知就里，三脚两步地赶去，才知道牛棚中有一头母牛，生了头小牛，合家欢声雷动，甚是得意。阿妹阿加珊往来奔走，更见兴头。那些女孩子们瞧着小牛，兀是拍手欢笑着。我们这牛棚，近来也已放大了许多，里头共有一百头牛。此外又有许多马儿，不计其数。当下我便堆着笑容说道："这又是我家一件幸运的事，今夜我们可要备他一瓶美酒，尽兴一醉咧。"这当儿罗丝忽然和我们说，佛绿尼克的情人亚斯伯曾经来过，说要商定一个结婚之日，准备一切呢。刚才曾留他在这儿用了饭，还没有去。

　　看官们要知这亚斯伯是玛朗夷村一家农家的长子，年才二十，生得孔武有力。我们村中，没一个不知道他的大名。往时曾在都路士一个公宴中，和大力士玛歇儿较力。这玛歇儿向来有个南方雄狮的诨号，不道那回竟败在亚斯伯手中。然而亚斯伯外表虽然像是莽男儿，其实心儿很温柔，性儿也和善。见了女孩子，总是羞羞涩涩的，连话儿都几乎说不出来。有时遇了佛绿尼克的眼波，便窘得什么似的。两个颊儿，霎时涨得绯红。像这种赳赳如猛龙，恂恂如处女的孩子，委实使人又敬又爱呢。那时，我们就唤罗丝去招他来，他正在天井中忙着，助婢女们晾布儿。一听得罗丝呼唤，即忙赶进厅事来。耶克轻轻地向我说道："阿父，你向他说吧。"我便启口道："我的孩子，你可是定吉日来的么？"亚斯伯红着脸儿答道："正是。小子正为了这事来的。"我道："孩子，你不用害羞，脸儿涨得红红的算什么来？我们就指定七月十号圣菲利堆的生日，做他们吉期，可好么？今天是六月二十八号，算来不上半个月，你可也无须心儿痒痒的老等着咧。况且我老妻的名儿可巧也唤着菲利堆，倒给你们一个吉兆。如此事儿定了么？"亚斯伯答道："很好，就指定这圣菲利堆生日成礼吧。"于是赶到我和耶克跟前，和我们握手。两手压在我们手掌上，力大如牛，几乎使我们嚷起痛来。接着便和罗丝接吻，称她做阿母。又说我们倘若不把佛绿尼克相许，他便不免要害情病咧。那时大家有一搭没一搭地闲谈了一会，我就放声说道："好了好了，大家就餐吧。你们赶快就座，愈快愈妙，我已饿得什么似的，直好似饿狼咧。"这夜我们桌上一共十一人，嬲着亚斯伯和佛绿尼克并肩而坐。亚斯伯眼望他情人，直已忘了酒食，心想娟娟此豸，从此已是我的人。一时又感激又欢喜，两颗又大又圆的泪珠，已在睫毛上颤动个不住。西泊林和哀美结发三年，此时瞧着那一对情人，只是微微地笑。耶克和罗丝已成了二十五年的夫妇，态度自庄重得多，只也不时地偷眼相睐，流露出一派柔情蜜意来。我插身在这几个少年情人中，也猛觉得年光倒流，回到了少年时代。瞧着他们那么快乐，直好似把天堂的一角，移到了我家。进汤时，也觉今夜的汤儿，比平时分外的有味。姑母阿加珊原是个最喜欢笑的人，便一行说着滑稽话儿，一行磔磔咯咯地傻笑。

我阿弟庇亚尔也高兴起来，讲着他往时和一个利盎司妇人的情史，情致十分缠绵。我们用罢了水果，又往酒窖里去取了两瓶甜酒来，大家斟满了喝着，祝亚斯伯和佛绿尼克两口子好运照临，祝他们将来黄金满籯，子孙满堂，一辈子没有什么不如意的事。祝罢，我们便又唱歌行乐。亚斯伯原知道几阕情歌的，当下就唱了一二支，自是沨沨动听，不落凡近。接着又唤玛丽唱一阕赞美歌，玛丽不敢怠慢，立时站起身来，开口便唱。她那银笛也似的妙声，送入我们耳中，都觉得心旷神怡，如闻仙乐咧。

　　席散之后，我慢慢儿地踅到窗前。亚斯伯也走将过来，我便向他说道："近来你们那边，可没有什么新鲜话儿听听么？"亚斯伯道："没有什么新鲜话儿。不过他们都在那里说前几天的大雨，怕是个不祥之兆呢。这话儿确也是实情，前几天中，曾下过六十点钟的大雨，耶泷河水已大涨，然而我们仍很信托它，因为那河中的水儿，从没有过泛滥上岸的事。瞧它平日宛宛而流，很温柔似的，谁也不当它是个危险的朋友。就是那些农人们也断不肯丢了屋子田地，轻易出走呢。"那时我便回答亚斯伯道："怎么叫作不祥之兆，怕是无稽之谈吧。河中水涨，也是年年常有的事，未必就有什么意外。一时虽像发怒似的，只消过了一夜，早又温和柔顺，好似一头绵羊咧。我的孩子，你记着我的话儿，这种水涨，不过像人家闹个顽意儿，没有什么大不了事的。你抬眼望那窗外，不见天气很可爱呢。"说时，我便把手儿指着天，这当儿正在七点钟光景，斜阳已下，暮色渐起。天上一片蔚蓝，留着些儿斜阳的余光，似乎在一幅浅蓝色的蛮笺上，撒着金屑的一般。屋檐下边系着的猩红一线，已渐渐淡去。四下里的晚景，直能进得画图，我委实从没见过村中有这样婉媚悦目的景光。我望了一会，还听得我们对面路曲处邻人的笑声，和小孩子们絮语呢喃的声音。此外又有牧人们策着牛羊归来，咩咩声从远而近，隐约可闻。这时耶泷河中水声澎湃，也正响个不住。只我早已听惯了，倒不大在意。心想这会儿水声越响，恰是沉寂的先兆。抬眼望那天上，已从蔚蓝色泛做了鱼肚白色，全村似乎都要沉沉入睡的一般。这一天风光明媚之日，到此便已闭幕。一时猛觉得我们一家的幸福咧，田园中的好收成咧，佛绿尼克和亚斯伯的良缘咧，都从九天阊阖上和着那清明的残日余光，冉冉的飘荡下来。就那万能上帝，便也在这日光和大地告别的当儿，把无穷的福泽加被我们呢。停了会儿，我才回到室中，掬着个笑脸，听那女孩子们在那里闲谈，鹦鹉调舌似的，煞是好听。猛可里却听得一片惨呼之声，破万寂而起道："耶泷河，耶泷河！"

二

我们一听得这呼声，急忙飞也似的赶到天井里，抬头望时，匝耐给那草地上一行行的凤尾松遮断了视线，再也瞧不见什么。但听得那惨呼之声，兀是续续而起，依旧在那里嚷道："耶泷河，耶泷河！"一会儿欻见前边路上来了两个男子和三个妇人，内中有一个妇人还抱着个孩子。他们一路奔来，一路在那里呐喊，脸儿上都现着慌张之色，时时回过头去瞧，仿佛被一群豺狼追着的一般。当下西泊林开口问我道："到底是出了怎么一回事？祖父，你可瞧见什么没有？"我答道："不见什么，便是那凤尾松上的叶儿也一动都不动呢。"我正这样说着，却又听得一派尖锐悲惨的呼声，接连地起来。到此我们才见那一行行的凤尾松中间，有一群灰色带黄、野兽也似的东西，跳过了那长长的草儿，冲将过来。定睛一瞧，方知是水。见它波波相续，滚滚而来。浪花白沫，跳珠般向四下里乱飞。一霎时间，那种汹涌之声，震得地土也好似颤了起来。于是我们也不知不觉放着失望的声音，一齐喊将起来道："耶泷河，耶泷河！"此时那两个男子和三个妇人依旧沿着路没命得奔着，只那一卷卷的白浪也依旧紧紧地跟在他们后边。霎时间已并做了一大堆，好像千军万马冲锋杀敌似的，做出一片惊天动地的大声。当下就有三棵凤尾松冲倒在水中，叶儿只打了几个旋子，便倏地不见。接着有一间茅屋也被水儿吞没，墙壁訇的塌了下来。更有许多小车，像稻草般随波逐流而去。谁知那浪花却像有意追赶那几个逃人一般，到了路曲处，陡地送过一个小山般的大浪来，把他们的进行霎时截住，可怜他们却还在水中支撑着，没命地向前爬去。接着又刮来一个大浪，先把那个抱着小孩子的妇人卷了去。不一会那旁的四人也就遭了灭顶，连影儿都没有了。我瞧了这情景，急忙放声嚷道："快些儿到里面来，快些儿到里面来。我们的屋子甚是坚固，大家不用害怕。"于是我们一窝蜂赶到屋中，唤那女孩子们在前，我做了个殿，一块儿到了第一层楼上。

我们的屋子，原造在河岸，这时见那水儿已涌到天井里，起了些儿细浪微波，在那里动着。我们瞧了，倒还不甚着慌。耶克也一尘不惊地说道："不打紧，不打紧，这个断没有什么危险。阿父不记得〇〇五五[①]年间，不是也有水儿涌到天井里来么。只到了一尺光景，就停住了。"西泊林半提着嗓子，喃喃说道："不论怎样，我们的收获可绝望咧。"当下我见那些女孩子们正把眼儿怔怔地望着我，便现着托大的样儿，悄然说道："不打紧，这个委实算不得什么。"这当儿哀美正把她两个孩子眠在床上，和佛绿尼克、玛丽并坐着。姑母阿加珊上楼时原带着些酒儿，便说要烫热了，给我们喝着取乐。耶克和罗丝两口儿立在一扇窗前，向外边痴望。我同着阿弟庇亚尔和西泊林、亚斯伯靠了旁的一扇窗站着，也目不转睛望着外边。此时恰见我们两个婢女在天井里涉水趑着，

---

① 原译文如此。

我忙喊道："喂，你们可能到上边来，没的使水儿浸湿了腿子呢。"她们俩答道："但是那些牲口怪可怜的，兀在棚儿里慌着，怕要溺死咧。"我道："不打紧，你们自管上来，停会儿再去瞧那些牲口也来得及。"我口中虽说着这话，心中却想那水儿要是不住的涌进来，怕也救不得那些牛马，然而我很不愿使大家吃惊，兀是装着镇静之状，靠着窗槛瞧时，却见那水儿汩汩而来，益发加高。

原来那耶泷河水上岸以后，就一泻千里，泛滥全村。连那最狭的小巷里，也满着水儿。刚才怒涛澎湃，自带着急进之势。此刻已变作缓进，我们天井里的水儿，早有三尺来高。我眼瞧着它渐渐升涨，却还装着没事人儿似的，向亚斯伯道："我的孩子，你今夜就宿在这里，料那街上的水儿，总须几点钟后才能退尽呢。"亚斯伯向我瞧着，脸儿白白的，煞是难看。接着我见他的眼儿已转向佛绿尼克，流露出两道悲痛的光儿来。这时天已渐渐入晚，正在八点半钟光景。门外还有着亮光，一半儿是天光，一半儿是水光。两光合在一起，一样的黯淡可怜。那两个婢女便带了两盏灯儿上来，点上了火。姑母阿加珊忽地收拾了一只桌子，说我们弄副纸牌儿来顽顽吧。这一个心灵解事的妇人，真使人又敬又爱。她那两道眼光，时时和我的眼光相接，似是约我合伙儿使那些女孩子们快乐的意思。当下她就鼓起勇气，满现着那种兴高采烈的神情，又不时放着欢笑之声，排去大家心中的害怕。一会儿赌局已开场了，阿加珊逼着哀美、佛绿尼克、玛丽姊妹三个在桌边坐定。又把那纸牌塞在她们柔弱无力的纤指之间。一行说着笑着，几乎把那外边泞汨潺湲的水声也压了下去。叵耐她们的心儿，都不注在纸牌上，只是白着脸儿，颤着手儿，侧着头儿，听着那外边。赌了一会，她们三人中总有一人开口问道："祖父，水儿可依旧在那里升涨起来么？"我很大意地答道："你们尽玩着你们的，这里没有什么危险呢。"只我虽是这么说，其实那水儿已愈涨愈高，正滔滔不绝地涌将上来。我们几个男的，只把身儿竖在窗前，掩盖那外边凄惨可怕的景象，不使那些女孩子们瞧见。我们的脸儿向着里边，也勉强做出一种安闲沉着的神气。这时我瞧那两盏灯放着一个圆光，照在桌上，顿使我记起往时残冬风雪之夜，我们也团坐在这桌子的四边，谈笑晏晏，何等快乐。就这一幅甜美安逸的家庭行乐图，此刻也并没改变。不过里边虽是甜美安逸，外边的水声却兀是龙吟虎啸般响着。这么一来，直把我们的甜美安逸，打了个对折。停了会儿，我阿弟庇亚尔忽地低声向我说道："路易，水儿去窗不过三尺咧，我们该想个法儿才是。"我疾忙把他臂儿一扯，不许他声张。只要掩盖过去，也已来不及。那牛棚里的牛儿和马房里的马儿，都发了疯似的，一起狂叫怒嘶起来。哀美不住得抖着，颤巍巍立起身来，握着两个拳儿，压着太阳穴，一壁悲声说道："呀，我的上帝，我的上帝！"于是那些女孩子也就一齐起立，赶到窗前，我们哪里还有法儿阻止，只得听她们瞧去。她们直挺挺地立在窗前，秀发如云，都被那可怕的风儿吹得乱飞乱舞。白日早去，黄昏已近。一片白茫茫的水光，兀是晃动个不住。天上也白白的，活像是个白色的棺套，套住这世界的一般。远处袅着几丝微烟，一会儿却和旁的东西同归乌有。这当儿即是这可怖之日的收局，即是那寂灭之夜的开场。四下里冷冷清清的，没一些儿人声。但听得水声澎湃，夹着那些牛马狂叫之声，接连着起来。女孩子们仍然兀立窗前，一动都不动，只从那急促的呼吸中透出微声来，忒楞楞地说道："呀，上帝呀，上帝。"

正说着，猛听得天崩地塌的一声，原来那些牛已冲破了牛棚赶将出来，卷入那黄色的急流之中。那些羊也逐流而来，好似落叶漂荡池塘中的样儿，一会就不见了。一时但见无数的牛儿马儿，攒动水中，渐渐沉没。最后唯有我们的一匹大灰色马，似还不愿意就死。伸长了个头颈，像那锻铁场中风箱似的，气嘘嘘地喘着。只又哪里禁得起那一卷卷的怒浪不住地冲击，临了儿也只打了个旋子，冉冉而没。到此我们才破题儿第一回放声号呼起来，又不约而同地各自伸着手儿，向那些亲爱的牲口挥着，一壁哭一壁喟叹，觉得有千万种的悲痛，塞满了我们的胸脯。可是这么一来，简直是替我们宣告破产。田中收获，即全个儿毁了，牲口又全个儿溺死了。单在这一二点钟中，就把我好几十年血汗挣来的产业全盘荡尽。唉，上帝呀上帝，怎么如此不公。我们并没冒犯你，你却把往时赐给我们的，又一股脑儿夺了回去。当下我便握了个拳儿，向天摇着，心坎中思潮溢涌，压抑不住。霎时间记起我们午后散步时的情景，又记起那草场，记起那稻田，记起那葡萄园，它们刚才何等茂盛，简直都在那里撒谎。我们的一切幸福一切好运，也都在那里撒谎。就那薄暮时一抹斜阳，又温柔又沉静的，瞧他慢慢儿落去，也在那里撒谎。此时那天井里的水儿刻刻怒涨，愈涨愈高。我阿弟庇亚尔正在窗前望着，猛可的听得他破口嚷将起来道："路易，你快瞧，水儿已到了窗下，我们可不能再留在这里。"他这几句话儿，越发使我们失望。我却若无其事的耸了耸肩儿，悄然道："事到如今，钱儿是没有的了，只消保全了我们的身儿，大家厮守在一起，那就没有什么悲痛。我们一息尚存，以后尽能重新造起这一家来呢。"儿子耶克接着说道："阿父，你说得一些儿也不错。我们都不用灰心，这里的墙壁又很坚固，也不至有什么危险。此刻我们索性到屋顶上去吧。"到此我们去路已穷，唯有那屋顶是个最后的避难之所。外边的水儿，早已上了扶梯，汩汩地流进门来。我们都着了慌，急忙开了天窗，一个个爬到屋顶上去。检点众人，却少了个西泊林。我便提着嗓子喊了一声，才见他从隔室中匆匆而出，脸儿泛得白纸似的，一丝儿血色都没有。一霎时间，我又记起了那两个婢女，就站住着等她们来。西泊林眼儿中却放出两道奇光，瞧着我低声说道："死咧，她们的房间，恰恰被水儿冲去。"我听了这话，便料到她们俩一定是为了不放心那藏着的私蓄，所以回房去取，不道连她们的身儿也同归于尽。西泊林又颤声和我说："她们俩去时，还用了一乘扶梯架到她们卧房的窗上，当它是桥儿般渡过去的。"我截住了他，背脊上顿觉得冷森森的。心想那不情地死神，已进了我家的门儿咧。当下我和西泊林便也一先一后得到了屋顶上，灯儿听它亮着，桌上纸牌，也听它散着，原来此时室中的水儿已有一尺深了。

三

我们的屋顶，亏得非常广阔，且也不甚欹斜，所以大家躲在上边，并没危险。女孩子们都坐了下来，我却靠在天窗口上，把眼儿望着四天，勉强抱着乐观，悄然说道："我们不用害怕，一会儿便得救咧。那山汀村中有几艘小船，总须经过这里。咦，快瞧快瞧，那边水上，不是有着灯光么。"我这样说，却没有人回答。庇亚尔点上了个烟斗吸着，只是喷一口烟时，总吐出些儿木屑来。原来那烟斗的杆儿，已被他寸寸咬断。耶克和西泊林哭丧着脸，望着远处。亚斯伯握着两个拳儿，不住地在那里往来踱着，似乎要在这屋顶上找个出路的一般。女孩子们蹲在我们脚边，兀是瑟瑟地发抖。又把手儿掩着两眼，不敢瞧那下边一派可怕的气象。霎时间罗丝忽地抬起头来，向四下里望了一望，开口问道："我们的婢女呢，为什么不上来？"我装着没有听得，给她个不理会。不道她却抬着两个锐利的眸子，怔怔地专注着我，又问道："那两个女孩子呢？"我不愿意向她撒谎，只旋过身去，仍是不理会。但我已觉那一股怕死的冷意，已传达到了那些女孩子身上。她们原不是呆子，瞧了我的情景，心中早已明白。当下玛丽便立起身来，叹了一大口气，接着红泪双抛，又扑地坐了下去。哀美把衣兜兜着她两个爱子的头儿，分明是保护着他们似的。佛绿尼克痴立不动，但把手儿掩着娇脸。姑母阿加珊也已泛白了脸，时时向空中画着十字，祷告上帝默佑。

此时天已完全入夜。因在初夏，天色还很明朗。空中月还未出，却点缀着无数的明星。其余一片蔚蓝，清光四映。天末的界线，也罗罗清楚。下边便横着这无边无际的大水，映天现着银光。就那一波一浪，也晃得如翻白雪。至于平原大地，都已渺渺茫茫，不知所往。记得往时我在马赛近边的海滨上，放眼望海，也有这样的奇景。当时我神驰海天风涛之间，心中得意得什么似的。不道我正在这里流连景光，追念往事，却平地闻雷似的，猛听得我阿弟庇亚尔大声嚷道："水儿又高了，水儿又高了，水儿又高了！"一壁嚷着，一壁还吸着那个烟消火灭的烟斗，只把那杆儿咬得粉碎。我低头瞧时，果然见那水已涨高了许多，去我们屋顶不过一码光景。沿边水花飞溅，不住地起着白沫。不到一点钟，水势更像发了疯的样儿，乱冲乱激。人家的屋子，纷纷塌倒。凤尾松也被水儿折做两段，倒了下去。远处汹涌之声，还兀是传将过来，和那几个女的哭声叹声，互相应和。耶克到此，再也不能忍耐，很恳切地向我说道："我们可不能再留在这里，该想个法儿才是。阿父，孩儿求你，听我们冒险一试。"我嗫嚅道："很好很好，我们自该想个法儿，冒险一试。"但我们虽是这样说着，可也想不出什么法儿。亚斯伯说他愿意驮着佛绿尼克，游泳而去。庇亚尔说须得弄一个木筏，渡登彼岸。然而这些话无非是疯话，休想实行。末后还是西泊林说我们倘能到那礼拜堂中，才能平安。他这句话，却有些意思。原来那礼拜堂和顶上的小方塔，果然还高高的矗在水上，和我们相去不过七个门面。我们倘能过了隔邻的屋顶，逐渐过去，一到礼拜堂，便是安乐乡咧。就那村人们也已躲在那里避难，因为那钟塔上边似乎有着人语之声，隐隐约约的被风儿吹渡过来。但要渡过那七个屋顶，实是非常危险的事。当下庇亚尔便说道："这事很不容易呢！隔壁蓝姆卜家的屋子太高了些，没有梯子，怎能过去？"西泊林道："别管他，待我先去瞧一下子。倘是当真不能过去，我就退了回来。倘能过去时，我们男的便带了女的，一起过去。"我自然没得话说，只得听他瞧去。西泊林用了个铁夹板，搁住在对面烟囱上，爬将过去。这当儿他老婆哀美恰抬起眼来，一见他去，便颤声呼道："呀，他到哪里去？怎么丢我在这里？我们夫妇实是两人一体的，我们一块儿生，也该一块儿死。"说着，竟抱了她孩子，直赶到屋顶的边上。一壁喘着道："西泊林，等我一会，我也来咧。我们两口子，该一块儿死的。"她丈夫苦苦求她留着，说停会儿就须回来，不用着急呢。叵耐哀美却不肯依从，不住地摇着头儿，眼中射出两道野光，注在她丈夫身上，又喃喃得说道："我也来咧，我们两口子该一块儿死的。"西泊林没奈何，只得依她，先来抱了两个孩子，然后助她老婆过去。不一会，已见他们在对面屋顶上走着。哀美仍抱着孩子们，西泊林在前，却时时回身扶他老婆。我提高了嗓子，向着他大呼道："你安插好了哀美，再回来助我们。"这时涛声汹涌，并不听得回答。但见他举着手儿，向我们挥着。少停，早出了我们视线。原来已到了第二个屋顶上，比这第一个低些，所以不见。五分钟后，才见他们在第三个屋顶上出现。多份是为了敧斜过甚，两口子却在那里爬着。我瞧了，心坎里忽地充满了恐怖，把手儿放在口边，尽了我的力，向他们大声嚷道："快回来，快回来。"一时庇亚尔、耶克和亚斯伯，也都嚷着唤他们回来。他们听了我们的声音，似乎停了一停，一会却又膝行而前，只作没有听得似的，就到了一边的角上。这所在比了邻近的屋顶，足足高出九尺。瞧他们两口子，有些儿摇摇欲坠之势。于是西泊林便像猫儿般很着意地攀到一个烟囱上边，哀美却还挺立在近边屋上的乱瓦之间。我们张眼瞧去，甚是清楚。见她把那两个孩子，紧紧地搂在胸前，抬头向着那一片清

　　　　　　人生的片段

明的天空，动都不动，瞧去好似比平日长了许多的一般。可怜那一场大祸，也就在这时发生咧。原来那蓝姆卜家的屋子，造得虽很高大，质料却极脆薄。加着前部不住的被那水儿冲激，早已岌岌欲危。我瞧它全体，仿佛正在那里发抖。一壁眼瞧着西泊林上去，一壁连呼吸都几乎停住了。猛可里却听得嘣的一声，分外响朗。这当儿明月刚升，朗悬中天，像是水月电灯似的，放着他万道清光，照得下界灿然一白。就这明月光中，便一眼望见蓝姆卜家的屋顶已塌了下去，连那西泊林也翻坠而下。我们瞧了，禁不住脱口惊呼起来。接着也瞧不见什么，但见那木石入水，浪花飞溅。少停，水面上却又平了。但见那无数的断木，乱乱的横在水上。就这乱木之间，瞥见有人在那里动着。我便大呼道："他还生着，他还生着。"我们该感谢上帝，那一轮明月正照在水上，瞧去很清楚呢。当下里我们便碌碌咯咯地狂笑着，又拍着手儿，快乐得什么似的，倒像我们已经出险咧。庇亚尔瞧着那边，说道："他定能爬起来的。"亚斯伯道："正是正是，瞧他正要抱住那左边的一根断椽呢。"一刹那间，他们的笑声忽地停了，大家都变作了哑巴，眼睁睁地瞧着西泊林着急。可怜他栽下去时，脚儿正夹在那乱木中，动弹不得。他那头儿，去水已只几寸，使尽了气力，也总不能起来。那时他心中的苦闷，也就可想而知。哀美仍抱着两个孩子，立在那隔壁的屋顶上，从头到脚，兀在那里发抖。眼瞧着丈夫危机一发，去死已近，好不难堪。一壁把两个眼儿钉在水上，一壁从那僵木的嘴唇中不住地发出一种惨呼声来，活像是狗儿吃了什么大惊，嘶声狂叫的一般。耶克很烦闷地说道："我们不能袖着手儿，瞧他这样惨死，该去救他才是。"庇亚尔道："我们须得爬到那乱木上边，撇开了那些梗着他的断木，使他手脚自由了，才能保全他的性命。"一时大家都告了奋勇，预备去救他。谁知刚要过去，这里最近的一个屋顶，也陡地塌了下来。于是去路顿时断了，我们回血管中的血儿，好似都结了冰。彼此只紧紧地把着手儿，相对发颤。我们的眼儿，却依旧瞧着那悲惨的景象。西泊林挣扎了好久，气力已尽了，伸着两臂，在水上乱动乱舞，似乎要抓住什么东西。叵耐抓不到什么，他的头，已一半儿沉在水中。瞧那不情地死神，早步步和他接近。停了会儿，他那一头秀发儿已着水，一会却又浮了起来，便停着不动了。斜刺里却刮过一个浪来，沾湿了他的额角。第二浪来时，闭了他的眼儿。不到一分钟光景，早已慢慢儿地下了水面，渐渐不见。那些女的都蹲在我们脚边，把手儿掩着脸。我们便也伸着两臂，跪将下去。一行喃喃地祷告上帝，一行哀哀地哭着。瞧那哀美时，依旧直立在那边屋顶上，紧抱着两个孩子。那种惨呼之声，冲破了一天夜气，分外的响朗。

四

我们受了这么一个刺激，失魂落魄似的，不知道经了多少时候。及至我知觉恢复时，只见那水儿益发涨高了许多，已浸淫到了瓦上。我们的屋顶，就像汪洋大海中一个弹丸黑子的小岛，一会儿怕不免要被那水儿吞没。我们左右的屋子，已连一接二地塌倒，眼见得四面八方都在这水儿的势力范围之中。半晌，罗丝忽地把手儿抓住了屋瓦，很吃惊似的说道："咦，我们在这里动咧。"罗丝说时，我觉得这屋顶果然微微动着，仿佛已变作了个木筏的一般。然而四下里都围着那些断椽碎木和毁坏了的东西，可也不能漂流开去。有时总有一大堆随着怒浪没命地撞来，撞得我们屋顶咯咯地摇动。我们禁不住都捏了一把汗，怕那死神已在头顶上盘旋咧。亚斯伯瞧了这种情景，甚是着恼，大声嚷道："我们该设法自救，束手待毙，可不是事呢。"说着竟大着胆儿，走到那屋顶的边上，伸了两条有力的臂儿，抓住了一根椽子，从水中拽将起来。耶克也得了庇亚尔相助，抓到一根长长的竿儿。只是我年纪老了，像小孩子般没有什么用，只得在旁边瞧着。他们三人便结成了联军，仗着那椽子和竿儿，抵敌那些撞过来的东西。这样支架了差不多一点钟，三人都好似发了狂，猛击着那水儿，破口咒骂着。亚斯伯更气鹅哥哥似的，用力把椽子向水中刺去，像要搠破人家胸脯似的。然而流水汤汤，只向他冷笑，何曾有一丝伤痕，一丝血花。末后耶克和庇亚尔都已使尽了气力，软软地倒在屋顶上。亚斯伯却还一个人支架着，但是不上一会，那根椽子已被怒浪卷去，凭着赤手空拳，可也没了法儿。只可怜那玛丽和佛绿尼克两个小妮子，慌得什么似的，彼此拥抱着，做出一种若断若续的声音，在那里说道："我不愿意死，我不愿意死。"那一片惨怖的回声，至今还在我耳边响个不住。那时罗丝便过去拥抱她们，说了几句安慰的话儿。谁知临了儿她自己也发颤起来，仰着个惨白的脸，不知不觉地高声嚷道："我不愿意死，我不愿意死。"就中唯有姑母阿加珊一声儿不响，不再向天祷告，也不再画那十字，只呆呆木木的，把眼儿望着前面。有时那眼光偶然和我相遇，却还勉强一笑。这当儿水已拍到瓦上，再也没有什么自救的法儿。但听得那礼拜堂中人语之声，隐隐到耳。又瞧见两星火花，在远处晃动。接着声静火灭，不见不闻。但听得水声震天，浪花拍空罢咧。

此时亚斯伯仍在四下里踱着，分明想着什么法儿。半晌，猛听得他向我们喊道："快瞧，快助我，把我腰儿抱住了，抱得紧，抱得紧。"原来他蓦地里又抓到了一根断木，正等着一大块黑黑的东西荡将过来。近时才见是一个很结实的小屋顶，正像木筏般浮在水面。亚斯伯已把那断木拨住了，所以唤我们相助。于是我们合力抱着他腰儿，紧紧地死不放。一会儿已把那小屋顶拨到前面，亚斯伯耸身一跳，已扑得跳了上去，兜了个圈子，瞧他结实不结实？耶克和庇亚尔都在我们的屋顶边上候着，亚斯伯忽地笑了一笑，向着我欢呼道："祖父，你瞧，我们得救咧。你们几个女的，快别哭了，到这里来。这里简直像一艘很稳当的小船，你们瞧我脚儿，干干的并没一点水花。估量这屋顶定能载着我们一家，安然远去。"我瞧它已像是我们的家庭咧。当下他又取了庇亚尔刚才带上来的几条绳子，向水中捞了几根断木，牢牢的缚在那屋顶上，使它益发坚固。正忙着束缚，有一回忽地失足落在水中，大家都吓得变了色，一齐嚷将起来。不道一转眼间，他却又爬到屋顶上，笑着说道："耶泷和我原是旧相识，我有时入水游泳，一游总是三英里呢。"接着摇了摇他的身子，又嚷道："你们快一个个过来，别再耽误时候咧。"那几个女的，一时都跪了下来。亚斯伯先抱了佛绿尼克和玛丽过去，唤她们坐在中心。罗丝和阿加珊却不等人家扶助，已溜了过去。这时我又向礼拜堂方面瞧时，却见哀美依旧立在那边屋顶上，只靠着烟囱，高高地伸了两条臂儿，擎着那两个孩子，可怜她的腰儿，早已没在水中。亚斯伯急忙和我说道："祖父，你不用着急。我们过去时，就能救她咧。"说时，庇亚尔和耶克已到了那筏上，我便也跳了过去。瞧那筏儿虽是微微地侧在一边，却还稳妥结实。亚斯伯最后离那屋顶，把几根竿儿授给我们，当作桨用。他自己却取了根最长的，撑在水中，瞧他很像是个老练的船家一般。大家坐定，亚斯伯便发了个命令，一起把竿儿抵在那顶屋上，使这筏儿荡将开去。谁也知道我们用尽了气力，没有什么效验，倒像粘着在那里似的，一动都不动。眼见怒浪滚滚，不住地打来，直要打碎我们的筏儿，危险自不必说。刚才我们都以为一离屋顶，便能出险。然而我们的命运，仍还系在这贪狠凶险的水中。到此我懊悔给那些女的也到这筏儿上来，因为我见每一个怒浪打来，似乎要把她们一口吞去。但是我提议退回屋顶时，他们却一致反对，同声说道："不行不行，我们定要冒险一试，死在这里也愿意的。"此时亚斯伯也意兴索然，没有一丝笑容，任是大家合力撑去，休想动得分毫。亏得后来庇亚尔忽地得了一个法儿，自己回到屋顶上，用绳儿缚住了筏，用力向左边一拽，拽出急流。等到他回过来时，我们果然已能脱离了屋顶，撑将开去。只亚斯伯却还记着刚才搭救哀美的那句话儿，定要过去救她。可是她依旧放着那种心碎肠断的声音，不住地在那里呼喊，怪使人凄惨的。

然而倘要去救她，定须经过那急流，那是很危险的事。当下亚斯伯就向我瞧了一眼，分明是问我可表同意的意思。我听了那惨呼之声，哪里还忍反对，急忙答道："自然自然，我们自该救她，不救她，可不能安然远去呢。"亚斯伯一声儿不响，低下头去，把他手中的竿儿刺在水中，慢慢地过去。不想刚到街角，我们都破口大呼起来，原来那急流早又排山倒海似的冲来，把我们筏儿逼了回去，又猛撞在那屋顶上边，顿时撞成粉碎，我们一伙人也就掉入那旋涡之中。以后的事，便一无所知。但记得我翻落水中时，见姑母阿加珊直挺挺地躺在水面上，仗着衣裙，把她留住。只是不多一会，头儿早向后一仰，渐渐沉入水底。那时我眼儿也闭了，知觉也麻木了。及至吃了个大痛，方始张开眼来。只见庇亚尔正拽着我的头发，沿着屋瓦爬去。接着我就躺在瓦上，动弹不得。只张着两个眸子，骨碌碌地向四下里瞧。却见庇亚尔放了我后，又扑地跳入水中去。正在这当儿，猛见亚斯伯也抱了佛绿尼克起来，放在我近边，又下去救玛丽。可怜那小妮子身僵面白，寂然不动。我瞧了，几乎当她已经死咧。亚斯伯第三回下去时，再也捞不到什么，只空了一双手上来。于是庇亚尔也来了，他们俩低低地在那里说话，无奈听不出什么。我向四下里望了一下子，不觉呻吟起来道："呀，天哪，姑母阿加珊呢？耶克、罗丝呢？"两人摇了摇头儿，眼眶里早明晶晶地来了两颗泪珠，一面断断续续地嘶声说着，我才知道耶克先就被一根断木撞在头上，破脑而死。罗丝抱着她丈夫，死也不放，竟自一块儿随波逐流而去。姑母阿加珊第一回沉下去后，并不再浮起来，或者已被那急流送到了我们屋中去，也论不定。我起了起身，更向哀美那边望时，见那水儿又加高了，哀美并不再喊，只伸着两条僵僵的臂儿，把她两个孩子擎在水上。不一会，那水儿已把那臂儿和孩子同时淹没。但见那一轮满月，独行中天，放着那种淡淡的光儿，好似要入睡的一般。

五

到此，这屋顶上，但剩我们五个人在着。那水儿也越涨越广，单有个屋脊没有淹没。这当儿佛绿尼克和玛丽都已晕去，便把她们抱到了屋脊上，免得被水儿浸湿了腿。停了好久，方始苏醒。可怜见她们兀在那里发抖，又口口声声地说着不愿意死。我们竭力安慰着，说你们放心，断断不会死的，那死神绝不缠到你们身上来呢。然而事到如今，哪能使她们相信？每一个死字，从她们口中喊出来时，直好似礼拜堂里打着报丧的钟儿，使人听了不由不惊心动魄起来。就她们编贝似的银牙，也捉对儿厮打个不住。姊妹俩到了怕极时，唯有相偎相抱，相对哭着，哪里还有什么旁的法儿。唉，天哪天哪，我们的收局到咧。放眼瞧时，但见那颓垣断瓦，标出当时有着村庄的所在。到处黯黯淡淡的，都带着死气。礼拜堂的钟塔，仍还耸在水上，人语之声也隐约可闻。想那塔中的人，总能保全他们的性命，只苦了我们，步步的和死神接近。有时想入非非，仿佛听得近边有荡桨的声音，渐渐清楚。这种声音，简直是我们希望的音乐。禁不住停了呼吸，仔细听去，又像鹭鸶般拉长了头颈，向前张望。只是听得的不过是水声，瞧见的不过是一大片黄色的水上散着无数的黑影。但这黑影也并不是什么船只，不过是断树坏墙之类，在那里晃动。我们却仍乱挥着手帕，侧耳听着那种荡桨似的声音。一会亚斯伯忽地高声嚷道："呀，我瞧见咧，一艘很大的船儿，正在那边。"说时，伸了一条臂儿，向远处指着。我和庇亚尔都瞧不见什么，只亚斯伯却坚说是船，就那声音也响了一些。末后，我们果然望见一个黑影，徐徐而来。只瞧它但在远处回旋，并不行近。于是我们真个发了疯似的，一个个伸着臂儿，嚷着咒着，骂它是个懦汉。无奈任我们喊破了喉咙，可也没有什么用。瞧那船儿无声无息地，似乎已旋了回去。那黑影到底是船不是船，我并不知道，单知道它已去了，我们最后的希望也跟着他去了。过后但觉我们的屋顶，已有些儿摇晃的样子。原来屋基虽很坚固，只被那些断木没命地撞来，瓦已松了，我们倘再挤在一起，定要陷将下去。到了最后的几分钟间，我阿弟庇亚尔忽又把他的烟斗塞入嘴唇，一边捻着他两抹军人式的浓须，嘴儿里喃喃地咕哝着，额上仿佛攒着黑云，也蹙得紧紧地。可是他到了这个境界，委实已没了用武之地。一股怒气直要迸破了胸脯。有两三回唾在那水中，好似含着侮辱那水儿的意思。不多一会，我们已逼到了末路，瞧来再没什么旁的希望。庇亚尔便竖将起来，一径踅到那屋顶的斜面。我已知道他的意儿，不觉悲声呼道："庇亚尔，庇亚尔。"庇亚尔回过身来，悄悄地答道："路易，再会。我这样等着死，委实觉得麻烦咧。我一去，就能留些儿余地给你。"说着，把烟斗向水中一丢，自己也投身下去。一壁却又回头喊道："再会再会，我已苦得够咧。"那时他沉了下去，再也不浮起来。他对于游水一道，原不大在行，多份已卷入旋涡。可是眼见我们一个美满的家庭，却得了这么个悲惨的结局，他那心儿早已寸寸进碎，即使存在世界，也没有什么生趣。这当儿礼拜堂塔上的大钟，已镗镗打了两下。这一个悲痛恐怖泪痕狼藉之夜，已渐渐向尽，我们脚下的一条干地，也渐渐缩小。那滔滔滚滚的急流，依旧不住地冲来。亚斯伯立时脱了衣服，去了靴子，睁着两眼，向水中瞧着。一壁扼着腕儿，扳着指儿，腕指的骨节都咯咯响个不住。末后便忔楞楞地向我说道："祖父，你听着，我再也不能老等在这里，我须得拼了一命，救她才是。"这一个她，不消说是指佛绿尼克。当下我便和亚斯伯说，他未必有这气力，驮了那女孩子游往礼拜堂去。但是亚斯伯性儿很倔强，哪肯依我的话，只口口声声地说道："我爱她，我须救她。"我听了，也不能多说什么，只把玛丽搂在胸前。他瞧了，分明疑我怨他但顾了私情，不顾旁的人，急忙嗫嚅着说道："停会儿我便须回来救玛丽，我敢立了誓去。万一在路上弄到一艘船儿，也论不定。祖父，愿你信我。"说完，又和佛绿尼克说了几句，那女孩子兀把眼儿注着亚斯伯，嘶声答应着。最后亚斯伯就把佛绿尼克缚住在背儿上，向空画了个十字，溜下屋顶去。佛绿尼克大呼一声，舞着四肢，一会儿已失了知觉。亚斯伯立刻用足了气力，没命地游去。我眼巴巴望着他，几乎连气儿都不敢透一口。不多一刻，见他已游了三分之一的路程，倒很有希望似的。谁知一转眼间，却似乎撞了什么东西，两口儿同时不见。接着却见亚斯伯一个人上来，那绳子早已断了。当下他再下去了两回，才又带着佛绿尼克，浮上水面，依旧百折不回地游去。停了会儿，已和那礼拜堂渐渐接近。我一面望着，一面颤个不住。也是他们命运不济，猛可里又有一根挺大的断木，撞将过来。我待要放声喊时，早见他们已被那断木撞了开去，流水汤汤，立刻把他们裹住，转眼已形消影灭，不知所往。我瞧到这里，不觉呆了，石像似的立在那里，不能动弹。这样不知道过了多少时候，猛听得一声长笑，破空而起。此时天已大明，空气十分新鲜。那一道道的曙光，已从黯黯重云中透将出来。只那笑声却还不住地响着，回头瞧时，见是玛丽，正水淋鸡似的立在我近边，兀在那里傻笑。可怜这女孩子笼着那一天曙光，何等的温艳可爱。比了平日，分明又平添了几分姿色。那时我见她忽地俯下身去，把纤掌掬了些水儿，洗着娇脸。接着又把那一头艳艳的金丝发挽了起来，盘在头上。原来她又当是来复日听了晓钟，上礼拜堂去的时候，所以忙着理妆呢。她一壁理着妆，一壁仍是不住地傻笑，面庞上带着悦色，眸子里现着明光。唉，可怜的孩子，可怜的孩子，她已发疯咧。然而她的疯病，仿佛传染似的。我一听了她的笑声，蓦地里也磔磔咯咯地傻笑起来。瞧玛丽时，已毫没怕惧，毫没悲痛，只当作这时正是个春光明媚之晨，她正在绣阁中，对着那耶泷河卷帘梳洗，并不觉得自己的性命，已陷到了死地。这多份是上帝仁慈，所以免她受那临死时一番痛苦呢。我一行悄悄地瞧着她，一行点着头。她理罢了妆，益发扬扬得意，猛可地提着那种清脆明朗的娇声，唱了她平日最爱的一首赞美歌。唱不到一半，却截然停了，黄莺儿似的呖呖呼道：

"我来咧，我来咧。"于是又唱着那歌儿，下了屋顶，一步步跨到水中，很舒徐、很自然地再再入水而没。我依旧笑着，掬着个得意快乐的脸儿，目送那女孩子没去。以后的事，再也记不起来。只知道我一个人在那屋顶上边，那水儿已沾到了我身上。旁边有个烟囱矗起着，我就用力攀住了，像是困兽入了陷阱，还不愿意就死的一般。除此以外，我委实半些儿不知道。心坎里空空洞洞的，只是一片漆黑呢。

六

咦，奇了奇了，我怎么在这里？往后才有人和我说，早上六点钟光景，那山汀村中的人荡着船到来，见我正攀住在烟囱上，已失了知觉，于是急忙把我救了来。唉，水啊，水啊，你怎么如此忍心，不带着我跟了那些亲爱的骨肉，一块儿去。我已老了，偷生世上，还有什么趣味。可怜他们都已弃我而去，那刚在襁褓中的小孩子咧，那一对柔情脉脉的多情人咧，那两双老小的好夫妻咧，都已不在这世界之上。只冷清清的剩了我一个人，像是一根干草，生住在石上的样儿。我倘有勇气时，也须步那庇亚尔的后尘，说着"再会再会，我已苦得够咧"，扑地投在耶泷河中，跟着他们同到那死路上去。如今我孑然一身，没一个孩子慰我的寂寞。况且屋子已毁了，田地也荒了，回想当年灯红酒绿之夜，一家老小杂坐一桌，谈天说地，乐意融融，直使我血管里的血儿，也觉得热烘烘的。又想那五谷和葡萄丰登之日，我们欢笑而归，满腔子的得意几乎塞破了胸脯。唉，世界上万事万物，我都能忘却，但总忘不了那两个玉雪可念的小孩子，和那紫碧照眼的葡萄。总忘不了那几个温柔可爱的好女儿，和那澄澄黄金色的五谷。总忘不了我得意的晚景，和我一辈子的幸福。唉，但是现在死的死，失的失了。呀，上帝那，你为什么还使我延着一丝残喘，留在这烦恼的世界上？从此以后，我不要人家安慰，我也不要人家相助。我所有的荒田荒地，一概都送给村中那些有儿女的人，他们才有心开垦，有心耕种。至于我们没有儿女的老物，但求荒郊一角，安顿了这副老骨，事儿就完咧。只我还有一个最后的志愿，须找到了那些亲爱的遗骸，葬在我家坟场之中。一朝我死了，便也深深地埋在里头，千百年下，和他们相依一起，永远不分开咧。

过几天后，听得人家说起都路士地方，发现了无数的死尸，都被耶泷河冲过去的。于是我就动身到那边瞧去，指望和我亲骨肉见这最后的一面。瞧我们村中气象，也好不凄惨。差不多有两千所屋子被那水儿冲毁。差不多有七百个男女老少的村人，被那水儿溺死。至于无家可归、挨饿挨冷的人，也不下二万之数。死尸有没人收殓的，听他们暴露着。将来怕要流行窒扶斯病①，也未可知呢。村中各处，都荡着一片哭声。大街小巷中，到处在那里出丧。我一路过村，熟视无睹，心中只想着我自己的亲骨肉，也落了这从来未有的浩劫，那真叫人难堪咧。我到了都路士，人家和我说，那些死尸都已在公共的坟地上埋了，只还留着照片，给人辨认。我在那许多悲惨动人的照片中，便一眼望见了亚斯伯和佛绿尼克。这一对多情人，彼此紧紧地拥抱着，仿佛已当着死神行了婚礼。口儿吻着樱唇，臂儿环着粉颈，瞧他们黏住在

---

① 即伤寒症。

一起似的，谁也不能分开他们。没法儿想，只得把他们两口子合葬在黄土之下。从此灵魂躯壳，永远没有分离的日子咧。唉，如今我一身之外，再也没有什么，所有的，不过这一幅惊心动目的遗像。像中双影，仍然是面目如生，流露出那种勇侠义烈的爱情来。我瞧了，禁不住回肠荡气，放声泣下咧。

（选自《欧美名家短篇小说丛刻》，中华书局 1917 年版）

伞

毛柏霜[①]　原著（法）

　　毛柏霜（Guy de Maupassant）以一八五〇年八
月五日生于西茵河下部之梅洛梅斯尼堡（Chateau
de Miromesnil）。初入佛都（Yvetot）某小学读，后
又毕业于罗盎书院（College of Rouen）。普法战争

————————————

① 　今译为莫泊桑。

中，尝身历戎行，且服务于海军部中，可十年。归而从事于文墨，草小说、诗曲数种，编脚本一，卒以小说驰名法兰西全土。有《朗度利姊妹》（*Les Soeurs Rondoli*）、《巴朗先生》（*Monsieur Parent*）、《男友》①（*Bel Ami*）、《小绿克》（*La Petite Roque*）。《庇亚尔与叶盎》（*Pierre et Jean*）诸书，并短篇小说三四百种，一时称短篇小说之王。一八九二年忽中狂疾，以翌年七月六日卒于巴黎之柏山（Passy）。

马丹乌利尔是个最有俭德的妇人。人家瞧着半辨士②，以为区区无几，她瞧去却好似几千万的金镑。她的下人们，平日间自然要牛马似的用力做事，才能领取工钱。然而要使马丹乌利尔伸手到她袋儿里去，直是千难万难的大难事。她膝下并没一男半女，只同她丈夫两口儿度日，倒很过得去。马丹心中，原也不希望生育什么儿女。因为有了儿女，她的经济上不免要受影响。旁的不必说，每天的面包，先要添加了。现在她白瞧着金光

---

① 今译为《俊友》或《漂亮朋友》。

② 今译为便士。

照眼的钱儿，不时从手指缝里漏去，精神上受了无限痛苦，仿佛剜了她一角心儿似的。有时倘为了万不能省的费用，付出一注钱，夜中总在床上翻她十七八个身，再也不能安睡。她丈夫瞧了，总向她说道："你何苦如此节省，不妨把手儿放宽一些，也不致于把我们每月的进款花尽呢。"马丹听了这话，也总答道："世界上的事，谁也不能预先知道。到急难时，有了钱，什么都不怕。手头多一些，总比少一些的好得多呢。"

　　马丹乌利尔四十岁了，她身材生得很短，活像一只矮脚老母鸡。面上额上满堆着皱纹，好似地图上所画的山脉。衣服却很清洁，为了省钱起见，分外得当心。她的性儿，喜动不喜静。一天到晚，兀是忙着。旁的人也不知道她到底忙些什么，单见她苍蝇杀了头似的，只在屋子里乱撞。她对于丈夫，纯用严厉的手段，什么事都要干涉。财政权又操在她一人手里，一些儿不肯放松。她丈夫蜷伏在这专制政府之下，不住地在那里暗暗叫苦。加着他又是个喜欢虚荣的人，免不得要在衣饰上注意一些，撑撑场面，叵耐自己都不能做主。为了这一层，心里就受了许多痛苦。他天天在军事部里办事，充当一个头等书记，薪水倒还不薄。他也安心守职，不想更动，但知道听他老婆的命令。他虽然这样服从，仍然不能得老婆的优待。两年中每天上部去时，只带一柄七补八缀的旧伞。同事们不知道他的苦衷，只当他悭吝，时时把这伞儿做玩笑的资料。乌利尔起先还忍耐着，只算自己是个聋子，由他们说笑去。末后却忍不住了，就拼命放大了鼠胆，硬着头皮回去，要求老婆替他买一柄新伞。马丹乌利尔吃他聒噪不过，居然也大发慈悲，勉强出了六先令八辨士，向一家大店中买了一柄市上最贱最普通的伞儿。乌利尔的同事们见了这新伞，益发讥笑个不住。乌利尔听了好不难堪，想从前为了那劳什子的旧伞，已饱受了无数的热嘲冷讽。如今好容易打动了夫人的铁心，买到了这柄新伞，依旧关不住他们的利嘴，真也无可如何了。

三个月后，乌利尔的那柄伞，已腾笑全部。有人还做了一支歌儿，大家从早上唱到晚上，楼上唱彻楼下。乌利尔被同事们这样嘲弄，只恨得牙痒痒地，心中满装了恨意。倒把满腔子的恐怖，驱逐出境。回去竟严词厉色地吩咐他老婆，再去买一柄上品的新罗伞，至少须出十六先令的代价，回来时须把店家的收条交出，作为凭据。马丹也没奈何，明天出去，忍着心痛，竟把十四先令七辨士买了一柄回来，怒勃勃地授给她丈夫道："这一柄伞至少须用五年，你可听仔细了。"乌利尔得了这柄伞，快乐得了不得。到部后，同事们嘲笑的声浪，果然静了下来。这天晚上，他擎着伞，得意扬扬回到家中。马丹接着，先向伞儿瞧了一眼，现出十分不放心的样子，忙嘱咐道："照你这样儿卷着，仔细那宽紧带擦破了绸面子，可不是玩。目前你第一要着，须得当心这伞儿。我已买了两柄，绝不替你买第三柄的了。"说着，郑郑重重取过伞儿，撑将开来。不道就这一撑里头，马丹乌利尔顿时化了一尊石像，目瞪口呆，动弹不得。原来那伞的中央，早有一个法郎般大的圆洞，分明是被雪茄烟烧破的，乌利尔还没知道。一见了这个洞，也登时变色。马丹颤声问道："这是什么？"乌利尔嗫嚅答道："我……自己也不知道。"马丹气极，几乎停了呼吸，一时说不出话来。挣扎了好一会，才大声喝道："你好……你好大胆，把这伞儿烧破了，你……你可是发了疯，要使我家破产么？"乌利尔旋了一个身，脸上青一阵，白一阵，没有一丝血色，颤着说道："你说些什么？"马丹大呼道："你还装作聋子，我说你把这伞儿烧破了，你瞧，你自己瞧。"说时一个虎跳，早跳到乌利尔跟前，把那伞上的破洞，直凑在他鼻子下边。乌利尔吓得什么似的，期期艾艾地说道："你……你说这个破洞么？我……我也不知道。这并不是我烧破的，我可以当着你面，立一个誓。"马丹厉声道："该死的贼，我知道你到了部里，一定把这伞儿献宝似地献给人家瞧，什么人都已瞧过了。"乌利尔道："我不过撑开得一回，给大家瞧瞧，好教他们知道我夫人正法眼藏，拣的东西，好不美丽。我撑了这一回以后，并没动过一动。你若不信，我可以立誓。"马丹听了，怒气不但丝毫未减，血管中的怒血，早已到了沸点。全身不住地颤着，直从头顶颤到脚尖。停了会儿，这火炉旁边尺寸之地，已变作了一片大战场。两方面相持不下了好久，方始宣告停战。末后究竟瞧了夫妻两字的份上，和平了结。马丹乌利尔便从旧伞上剪了一块下来，补了破洞。只是颜色不同，很不雅观。

第二天，乌利尔只得取了破伞上部去。到了部中，随手插在伞架里。忙着做事，也不把它放在心上。做完了事，便取了伞回家去，心儿早又怦怦怦地乱跳。脚儿还没有跨进门限，他老婆已赶将出来，伸手把伞儿抢过去，撑开一瞧，早又化了尊石像。原来这柄伞仿佛上过战场，借给兵士们做了盾牌，上面穿了无数的小洞，连补缀都不能补缀了。瞧来多份是有人刚吸了烟，把那一烟斗的灰，都撒在这伞儿里，才烧作这个样儿。马丹呆瞧着破伞，一声儿不响，因为怒火中烧，连喉咙里也作声不得。乌利尔也呆着不动，心中又怕又诧异。接着两口儿面面相觑了一会，毕竟乌利尔敌不过他夫人，便把眼光放了下来。乌利尔的眼光才放下，马丹手中的伞儿已飞将出来，扑地打在他面上。那时马丹的声音也恢复了，便用她全身的气力，大喊道："你这万恶的恶贼，你故意和我作对，我难道不能对付你。从此我再也不替你……"这哀的美敦书①还没有宣布完结，两下里又厉兵秣马，交战起来。足足战了一点钟，方才各自退兵，收拾残军，两方面损失都很不少。乌利尔又指天画地地立誓，说这两回的事，我半点儿也不知道，大约是

---

　① 最后通牒。

同事们和我为难，或者为了一些小事，借此报仇，也论不定。马丹仍是一百个不信，坚说是她丈夫自己所做的事。于是舌剑唇枪，又继续开战。幸而正在这当儿，蓦地里来了一阵子门铃响，才把乌利尔救出了重围。停了会儿，已踅进一个朋友来。这朋友是特地来和他们夫妇俩用晚餐的，当下马丹就把这两回事，一五一十告诉了朋友。且说从此以后，不再替她丈夫买伞了。那朋友慢吞吞地说道："马丹不替他买伞，倒也不是个上策。他的衣服，不是比伞儿贵么。没了伞，便须晴天晒日，雨天淋雨，禁不得几回雨淋日晒，衣服就容易坏咧。"马丹仍然怒着，盛气说道："如此我许他把厨房里用的那柄伞取去。倘要我替他去买柄新伞，那是万万做不到的事。"乌利尔听了这斩钉截铁的话，很不服气，居然放出了十多年来深藏不发的丈夫气，造起反来。提着嗓子说道："如此我立刻去提出辞职书，万万不愿意取了那厨房里用的伞儿上军事部去。"那朋友又道："你们为什么不去掉了这破绸面，覆一层新的在上边，所费也不多呢。"马丹怒呼道："要是再去覆一层新的在上边，至少须六先令六辨士。六先令六辨士，加上了原价十四先令七辨士，便变做一镑一先令一辨士。为了一柄伞，花去二十一个先令，简直是发痴咧。"那朋友默然不语了半晌，陡地计上心来，兴兴头头的向马丹说道："据我想来，你还是到保险公司去叫他们赔偿损失。他们既保了你们屋子，如今你们屋里的东西既着了火，自然也该赔偿。"这话儿一发，好似火炉上泼了一大桶水，马丹的怒气霎时消了，悄悄地想了一会，便向她丈夫道："明天你往军事部去时，先到麦透纳尔保险公司走一趟，把这伞儿给他们瞧，要求他们赔偿损失十四先令七辨士，可不能短少一辨士呢。"乌利尔原知道他朋友在那里说顽笑话，保险公司哪有这种章程，便掉头答道："我不去，我可不敢做这种老脸的事。就损失了十四先令七辨士，我们未必就会死呢。"第二天，乌利尔出去时，手中不带伞，却握了一根手杖。亏得这手杖倒很精美，到了部中，就塞住了同事们的嘴儿。只苦了个马丹乌利尔，独自一人在家中，总念念不忘那十四先令七辨士的损失。她把伞放在餐桌上边，兀是在四面兜圈子，一时竟委绝不下，不知道怎样才好。心里很想赶到保险公司去，要求他们赔偿这十四先令七辨士，但怕公司中人大都是眼儿生在额角上，非常傲慢的。他们一双双锐利的眼儿，电光也似的射将过来，先觉得不能禁受。因为马丹乌利尔平日间足不出户，从没进过交际场，所以当了稠人广众，免不得有些怯生生的。只消人家眼儿向她一溜，她脸儿就立时红了起来。若要去和不相识的人讲话，更是万分困难的事。只想起了那十四先令七辨士，总觉心痛。她原要不去想它，无奈金钱的魔鬼，缠绕在她身上，时时作祟，使她日夜不能安宁。过了好几天，心儿还没有决定，后来究竟为那十四先令七辨士分上，立了一个决心，勇气百倍的向自己说道："我一定去，我一定去，怕些什么。"然而动身之前，先须把那伞儿预备妥当，使公司中人瞧了没有话说，服服帖帖地赔出钞来才好。便从火炉架上取了一支火柴，在伞上骨子中间，烧了个手掌般大的洞儿。接着卷了起来，扣上宽紧带。不一会，已戴了帽儿，披了肩褂，三脚两步地跑出大门，向着那保险公司所在屈利伏利街赶去。

到了那边，先瞧那一间间屋子上的门牌，知道到保险公司还有二十八号，心想这倒很好，一路走去，还能把这件事仔细想一想，到底去的好，不去的好。想着，生怕踏死地上蚂蚁似的，慢慢儿踅向前去。踅了一会，陡觉眼前豁地一亮，瞧见麦透纳尔专保火险几个大大的金字，原来已到了保险公司门前。她呆立了半晌，很觉得刺促不宁的，走上了三步，却退后了四步。跨进了门限，又退下了阶石。这样进退维谷了好久，方才发一个狠，向自己说道："既到了这里，哪有不进去的道理。只消钱儿到手，何必顾什么体面。快进去，愈快愈妙。"然而她虽是这么说，两脚跨进门时，那颗心却在腔子里跳舞起来。她先闯进了一间很大的办公室，只见四面又有无数的小耳门，门后露着一个个无数的头儿，都是公司里办事的人，下半身却被柜台遮着，不能瞧见。那时可巧有一个办事员执着许多纸儿，走将出来。马丹乌利尔就遮住他去路，放出一种低弱的声音，怯生生地问道："先生，请你恕我打扰。有一件事儿要动问，贵公司专管赔偿人家损失的可在哪里？"那人高声答道："在第一层楼的左面，名儿换作重灾部。"马丹听了这重灾两字，益发不安，很想牺牲了十四先令七辨士，悄悄地拔脚逃回去。只一想起那十四先令七辨士的大数目，一半儿的勇气，又恢复了过来，竟毅然决然地赶上那扶梯去。不过呼吸猛可里加急了几倍，每走一级，总得停一停。到了第一层楼上，见一边有一扇门，便上前轻叩了一下，听得里头高呼道："请进来。"马丹便开门走将进去，先偷眼一瞧，见是一间挺大的房间，有三个很体面的人，在一块儿讲话，都沉着脸儿，甚是庄重。内中有一个像是总理的开口问道："马丹此来何事？"马丹心里先一吓，一时竟想不出适当的话来，只讷讷地答道："我来……我来……为……为了一件意外的事。"那人点点头，递过一把椅儿来，说道："马丹请坐一下，停会儿小可听你的吩咐。"说着，又回过身去，和那两人讲话，似乎为了一件很重要的事。讲了一会，两人便告别而去。马丹知道那两人一去，就须和自己讲话。这时的马丹，活像没有演说过的人，忽地被人家拉上了演说台，暗暗捏着一把汗，恨不得插翅飞去，任是二十八先令五十六先令都不要了。亘耐不到一分钟，那总理早关上了门，回将进来，向她弯了弯腰，柔声问道："马丹，可有什么事垂告小可？"马丹乌利尔用尽了九牛二虎之力，迸出半句话来道："我来为了这，这……"一边说着，一边把伞儿动了一动。那总理放下眼来，瞧着这伞，十分诧异。马丹

人生的片段

却并没觉得，颤着手用了好些力，放开了宽紧带，陡得把那破伞撑将开来。总理瞧了，很冷静地说道："这伞儿已破咧。"马丹道："怎么不是，这伞儿我是费了十四个先令买来的。"那总理还不知道她此来的用意，很诧异地说道："嗄，当真么。这么一柄破伞，要费十四先令的代价。"马丹又道："怎么不是，这柄伞原是最精致的东西。如今请先生先瞧它烧毁的情形。"总理忙道："我已瞧见了，我已瞧见了。不知道你的破伞和我有什么关系？"马丹听了这话，不觉有些着急，心想这公司里难道不赔小损失的么？只是十四先令七辨士，可也算不得损失小呢。接着便提高了嗓子道："这伞是被火烧毁的。"总理道："我已瞧见，早知道是被火烧毁的了。"马丹见那总理还不懂她的意思，牙床骨顿时落了下来，想不出以下该说些什么话儿，一会才想起自己太疏忽了，进来时还没有替自己介绍，连忙说道："我便是马丹乌利尔，我们曾在贵公司里保过火险，此来便为了这柄伞，无意中被火烧毁了，要求贵公司赔偿我的损失。"说完，怕那总理不肯答应，又急急地接下去道："我也并不想狮子大开口，要你们赔偿多少钱。你们只消替我去掉了破绸面，换上一个新绸面，就得了。"可怜那位总理先生从没有遇见过这样绝无仅有的大主顾，只得嗫嗫得答道："但是，但是，马丹要知道这里是保险公司，并不是伞店。马丹唤我们修这伞儿，只好敬谢不敏咧。"马丹乌利尔想起了那十四先令七辨士，早又勇气百倍地说道："我也并不是要你们亲自替我修这伞儿，你们只消赔偿我那笔修费，我自去修好了。"总理道："马丹，这件事好算得再小没有的咧。我们这公司开了好多年，却从没有赔过这种很小很小的损失。况且我们章程上也并不说起替人家伞儿保火险。委实说，我们各主顾家里一切日用的东西，什么手帕咧，手套咧，扫帚咧，睡鞋咧，一天到晚不知烧掉多少。要是人人像夫人这样来要求赔偿，敝公司可没有这大资本，只索预备破产。就是我们办事的人，可也不要麻烦死么！"马丹听了这一番话，两颊通红，一腔怒火，早从丹田里起来，直要冒穿了天灵盖，把这保险公司烧成一片白地，寸草不留，连这总理也活活烧死在里头。那时她默然不语了好久，才大声说道："嘎，我记起来了。去年十二月中，我们的烟囱里起了火，差不多损失了二十金镑。那时我们的麦歇乌利尔，并不来要求贵公司赔偿。这回无论怎样，须得赔我这柄伞儿。"总理知道她在那里撒谎，便微笑着说道："马丹，这个我可有些儿不信。麦歇乌利尔损失了二十镑，不来要求我们赔偿。如今为了修这伞儿四五先令的事，难道倒要我们赔偿么？"马丹道："不是这般说。二十镑的损失，是麦歇乌利尔方面的事。这十四先令七辨士的损失，却完全是马丹乌利尔方面的事。两方面划清界限，可不能混在一块儿呢。"总理见没法儿打发她去，不免要把宝贵的光阴白白丢掉，就很勉强地说道："如此请夫人且把这伞儿遇灾的情形告知小可。"马丹乌利尔一听这话，自觉这回大战，已占了胜着，便扬扬得意地说道："先生，你听着。我们大厅里原有一个青铜的架子，专给我们插伞和手杖用的。前天我出去了回来，自然把这伞儿插在那架中。此刻我须得和你说明，这插架的上面是一个小小儿的庋阁。凡是火柴和蜡烛一类东西，都放在那里。到了上灯时分，我赶去点火，谁知一连擦了四根火柴，都没有着。第一根擦了不燃，第二第三根燃了又熄。"总理笑着插口道："这多份是国造的火柴，所以这样不好。"马丹乌利尔哪里知道这句是和她说笑的话，忙点头答道：

"不错不错，大概如此。末后擦第四根时，方才着火。我就点了一支蜡烛，到房里去睡觉。谁知道过了一刻钟光景，忽觉得有一股焦气，送进我的鼻孔，不由得大大地吃了一惊。可是我一辈子最怕火灾，去年经了烟囱里那回事以后，竟变作了惊弓之鸟。见了火，吓得什么似的。当下我急忙跳下床去，像猎狗般向四下里嗅着。后来才瞧见我这伞儿已着了火，大约先前的四支火柴，定有一支掉在里头呢。这便是失火的大略情形，你可听明白了没有？"那总理已打定主意，不和她计较这种小事。接着又问道："但这伞儿的损失，一共是多少钱？"马丹默默半晌，不敢说定那数目，外面还装着落落大方的样子，坦然说道："我不愿取什么赔偿金，你替我把伞儿去修好就是了。"总理摇头道："这个小可却不能从命。你只把那数目说来，到底要多少？"马丹乌利尔道："修费要多少？我哪里知道。我又是个很公道、很正直的妇人，也不愿意多取你一个辨士。我瞧还是先把这伞儿唤伞店里修去，替我换上一重上好的绸面。修了之后，我便把他们修费的收条取来给你瞧，你认为如何？"总理答道："马丹此言正合小可的意思。此刻你收着这名片，修后要

72　　　　　人生的片段

多少钱，尽管向我们会计处领去。"说着，掏出一张名片来授给马丹乌利尔。马丹忙受了，谢了一声，起身出室，飞也似地逃出门去，怕那总理忽地变了心，向她收回那张名片咧。

出了公司，大踏步在街上走着。这时她兴高采烈，仿佛拿破仑克服了埃及，奏凯而归。一边走，一边把眼儿骨碌碌地向左右乱望，找那最时新的伞店。后来找到了一家，便高视阔步地走将进去，朗声说道："我要把这伞儿换上一个绸面，用你们所有最上好的东西，价钱就贵些我可不计较的。"

（原载《礼拜六》第74期，1915年10月30日出版）

伞

面 包

毛柏霜 原著（法）

毛柏霜（Guy de Maupassat）为法兰西大小说家之一。生一八五〇年八月，卒一八九三年七月。生平著述有短篇小说三四百种，欧西人士称为"短篇小说之王"。所作善写社会物状，栩栩欲活，篇幅虽短，而有笔飞墨舞之致。法兰西文学院员法朗斯氏（A.France）尝曰："毛柏霜者，一描绘世故人情之大画家也。唯其描绘也，不以丹青而以文字，画家笔端所不能达者，而彼能曲曲达之焉。每有所作，无不穷形尽相，如手明镜，独立天表，而世间万事，人生七情，乃一一入其镜中，无有遁者。彼则运其妙笔，一一抒写之，如画家之写生也。"氏于短篇外，尚有长篇多种，顾其名为短篇所掩，鲜有称之者。后忽狂易，欲自杀，不果。越数月，卒以狂死。而其短篇小说之王之名，则终不死也。予近自美国购得毛柏霜集十卷，中有短篇一百九十余种，均为氏生平杰构。此篇为其压卷之作，冷隽可味，故译之。

他名儿唤作耶克朗特尔，年纪二十七岁，职业是个木工，为人很正直，很稳健，在兄弟中最长。只为一时失业，不得不在家中坐吃了两月，整日价对着屋檐，兀是长吁短叹。一个月来，他往来奔走，想寻个事儿做做，叵耐踏破铁鞋，却没有觅处。没法儿想，只索离了他维叶阿佛来故乡，踽踽凉凉地出去。想自己年富力强，不该夺取家人们的面包，眼瞧着天涯海角，到处好挣饭吃，怎能辜负这昂藏六尺，老坐在家中？况且家境也不好，他两个妹子只在人家做散工，挥着血汗，换他有限的几个苦钱，兄弟们也都是穷光棍，万不能养他。于是打定主意，出门寻生活去了。离乡之先，先到市政厅中，问有什么事给他做没有，那市长的秘书一口回绝，唤他到邻村工程经理处找去。他见本乡委实没有事，只得带了护照证书，合着一双靴子，两条裤儿和一件衬衫，用蓝帕子打了个裹儿，挂在杖头，慢慢儿向镇外走去。他沿着几条长长的路。没命地走，日也不停，夜也不停，日中犯风犯雨犯烈日，夜中带星带月带冷露，但他只管熬着苦，勇气百倍地走去，叵耐那邻村倒像在天尽头地角里似的，总走不到。他本想寻了本业，依旧做他的木工，哪知一路上上了几家木工店，都回他说近来生意清淡，但有歇工，并不用人。他倒抽了一口冷气，想照眼前情势瞧来，方不能限定本业，只索有什么做什么。幸而天无绝人之路，到头来给他些事儿做做。石匠咧，马夫咧，铁路工人咧，什么都已做到，有几天还做那砍树斩柴掘井看羊的杂差。自己忘了身价，忘了头面，单为面包份上，苦苦的换他几个辨士。就是这些零星工事，也都登门自荐，特地减了工薪向工头农家哀求得来的。要是他能够长做下去倒也罢了，无奈每一件工事不过两三天的寿命，两三天后，又还他个失业之身咧。这一天他闷闷地在街上踅着，已一礼拜没得事做，袋里钱儿空了，但有一片面包，是他最后的粮食，倒比了万方玉食更觉名贵。就这面包来处也很不容易，是沿街向几家慈善的妇人求来的。那时他走了一程，天已入晚，最后的一丝斜阳已和大地告别，可怜这耶克朗特尔疲乏得什么似的，两条腿几乎敬谢不敏，再也没有力载他前去。万种失望塞满了心窝，加着又赤了那双脚，在路边乱草中走着，先前那双靴子，早为了欢迎面包，和他告别而去，杖头虽还备着一双，却心痛着不忍使用。这一天正是礼拜六，在秋末冬初时候，一抹灰色的云阵，黑压压地腾在半天，被大风刮着，千军万马般向天尽头推去，瞧那模样儿，似乎已有雨意，只这雨却像美人儿姗姗来迟，一时还不肯下来。这当儿四下里都静悄悄地，并没一丝人影，因为是礼拜六，农人们都休息去了。瞧那田中堆着一堆堆的柴，活像是许多挺大的黄香菌一般，四面田陌除了这柴堆以外，并没稻麦，可是这时刚已播种，须待来年才有收成咧。朗特尔一壁走，一壁挨着饿。他这时直好似一头极贪嘴的野兽，却空着肚子，没东西吃。这一种饿，任是豺狼可也禁受不起，怕要磨着牙，出来寻人做点心吃了。他既饿又乏，全身已没了气力，却还挣扎着大踏步走去，头儿重重的，好像戴着一座山，血儿像沸汤似的，在太阳穴里乱跳。一面撑着那双红眼，张着那只血口，紧紧地挨住了行杖，想找一个回去吃夜饭的人，生生地扑杀他。借着出他腔子里一口怨气，回眼向路边瞧时，却陡地起了个幻象，仿佛见无数番薯，刚从地中掘将起来，仰天躺在地上，向着他笑。恨不得抓他三四个，拾些枯枝在沟里生个火，煨好了医他肚子，借着又能沾光儿烘暖这一双冰冷的手，岂不是一举两得的事？叵耐这时秋尽冬初，哪里还有番薯？除非像昨天一个样儿，向田中去掘一个甜菜根，尽着生嚼罢了。

这两天以来，朗特尔兀是挨着饿，一面走，一面想种种图食之法。他在平日，但有很简单的思想，也全个儿放在他工事上面，欣然自得。但到了现在，思想却反觉复杂起来，可是往来漂泊，不能常常找到工事，挨着饿挨着疲乏，日中两脚不停地赶路，夜中但能在冷空气中露宿，最难堪的还须受人家白眼。一般人但知自己安居乐业，不知道漂泊无家的苦况，问他们要些儿东西吃时，他们却白瞪着眼问道："你为什么不好好儿留在家里，到外边来做甚？"朗特尔受了这种种磨折，简直心灰意懒。从前他那双臂儿挽强破坚，很有膂力，到此不知怎么，却渐渐儿软了下来。接着又记起家里兄弟姊妹，怕也一样的艰辛困苦，连一个辨士都没有。他想到这里，又怒又恨，这怒气恨意，一秒一分一点钟一日逐渐积在心中，险些儿涨破胸脯，一时没处发泄，便一个人破口大骂起来。那时他走了一程，忽地在一块石上绊了一绊，于是把那石块骂了一阵，又恨恨得向空中骂道："天杀的，万恶的，你们都不是人，是一群野猪！竟横着心饿死一个木匠，饿死一个没有罪的好人！好一群野猪，连两个铜币都不肯给我，如今天又雨了，好一群野猪，好一群野猪！"他这时为了自己命运不济，直把全世界的人都已恨到，不但恨人，还恨那造物的主宰，骂他不公，骂他苛刻，又骂他是个没眼睛的瞎子。一会儿又咬着牙齿，向四面大呼道："好一群野猪！好一群野猪！"一壁喊着，一壁又抬起头来，却见人家屋顶上正袅着一丝丝的灰色烟，像游丝般袅入碧空。知道这时正是人家烹鱼炙肉烧夜饭的时候，只是没有他的份儿。一时怒极恨极，几乎忘了人格，忘了法律，直要闯进人家去把全家的人一个个杀死，然后狂吞大嚼，吃他一个饱。当下他又自语道："算了，算了，这世界上已没有我做人的份儿，我愿意挥着血汗，求些事儿做，他们却兀是不肯给我，偏要瞧我生生饿死了方才快意。天杀的，天杀的，好一群野猪！"这时他猛觉得四肢都刺刺作痛，心中也像被什么虫在那里咬似的，直从心房痛到脑壳，霎时间昏昏沉沉像喝醉了酒，幸而一阵夜风吹将过来才清醒些。于是又勃然自语道："但是人家虽要我死，我却偏要活在世上，因为空气是公产，人人都能享受的，就那名贵的面包，也总有一天有我的份儿。"

说到这里，天上恰下起雨来，这雨又大又凉，倒使他好似服了一贴清凉散，当下便住了脚，说道："这么下了雨，我可不能多走路了，须再走他一个月，才能回到家里。"到此他已打定主意，一心想回家去。可是出门多时，并没找到什么工事，在故乡人地都熟，总能设法寻一件事，即使不能做他木匠的本业，也不妨去做石匠、沟匠和泥水匠的下手。每天倘能赚到一法郎，总能买些儿东西吃，比了这样漂泊外乡，瞧人家的嘴脸，可强得多咧。想着忙把他最后的那块蓝帕子围住了脖子，免得被冷雨溜进衣领，泻上胸背去，然而不多一会，他那薄薄的衣服早被雨水湿透。抬眼向四面瞧时，又没处藏他的身子，就瞧这偌大的世界，也似乎没有尺寸之地给他容身托脚。不多一刻，天上早已笼上黑幕，四边田野都昏黑如漆，隐隐却见远处一片草场上有一个黑影，不是一头母牛是什么？他一见了这牛，暗中却像有人驱使他似的，不知不觉跳过了路边小沟，直到那草场上。见那牛十分壮硕，正在地上吃草，他走近时，便陡地抬起头来向他，分明有欢迎之意。他暗暗想道："我手头倘有个瓶在着，就有牛乳吃咧！"一壁想，一壁瞧那牛，那牛也闪着两个大眼睛，向着他呆瞧，他忽地不耐烦起来，照准着牛腿上踢了一下，大声叱道："畜生，快站起来！"那牛不敢怠慢，慢慢儿撑着起来，那挺大的乳房便重沉沉地向下垂着，朗特尔见了那乳房，好不快乐，立时蹲在那牛两腿中间，把两手握着乳房凑上嘴去尽着，乱吸，直等到吸干了，方始放手。这当儿雨势更大，雨点儿像拳头般大，不住的掷将下来，瞧那荒田平原，都在雨中，可没一个躲雨的地方。身上虽冰冷，也只得挨着，眼见得树丛中的屋子，灯光在窗，总不愿意前去求宿，明知去也没用的。那牛见他已吸罢了乳，就一骨碌在地上眠下。朗特尔自知没处投宿，便也在那牛的身边坐下，轻轻地抚着牛头，甚是感激。觉得那牛乳又香又甜，好似琼浆玉液一般，那牛吐着气，热腾腾地吹在朗特尔脸上，两个鼻孔仿佛喷汽的汽管似的，分外温暖。朗特尔便又抚着它说道："你倒是个热血的动物，不比那一群野猪，都是冷血动物呢。"说着，又把他那双冷冷的手放在那牛胸肚下边，温他的手，心中决意傍着这多情多义的牛，度他一宵，于是把他头偎着牛肚，躺在地上，只为疲乏已极，一会儿就呼呼入睡了。夜中有好几回醒来，觉得背儿很冷急忙翻了个身，把背儿贴在牛肚子上，一连翻了几回身，依旧做他的好梦，梦中却安居乐业，并没漂泊之苦。

　　一觉醒来，已听得荒鸡乱啼，曙光已透，雨点早停了，天上一碧如海，分外明媚。那牛把嘴儿凑着地，也像在那里瞌睡的样子。朗特尔低下头去亲了亲牛鼻，说道："再会，再会，我的美人儿！下回有缘，我们再能相见咧！再会！再会！"说完穿了靴子，起身上道。这样走了两点钟光景，又觉得全身疲乏。忙在路边草堆中坐了下来。这时天已大明，礼拜堂大钟铛铛响着，见有许多男子穿着蓝裤，许多妇人戴着白帽，有的步行，有的坐了小车，断断续续在路中走过，多份是趁着今天礼拜日，大家往邻村探望亲戚朋友去的。不一会有一个农夫模样的大汉，赶着一二十头绵羊，大踏步走来，还携着一头狗，甚是灵警。朗特尔起身掀了掀帽儿，颤声说道："你老人家可有什么工事给小可做么？请可怜见我，我快要饿死了。"那大汉恶狠狠地瞅了他一眼，大声答道："我有工事，可不能给路边花子做的。"朗特尔呆了一呆，依旧回到草堆上坐下。一连等了好久，想找一个慈善的脸儿，前去央求，或有几分效力。末后便见了个绅士模样的人，慢慢儿走来，肚子上挂着很粗的金链，光彩闪闪地乱射。朗特尔急忙走上一步，悲声说道："两个月来，小可正找着工事，叵耐找来找去总找不到。如今袋儿里空空的，连一个铜币都没有咧。"那绅士勃然道：

"你不见这村中入口处，不是挂着一块牌，牌上不是明明写着，'村中禁止行乞'六个大字么？你别认错了人，我就是这里的市长。你倘不快快离开这里，可要捉将官里去了。"朗特尔一听这话，也生了气，回他说道："任你捉我到官里去，我可一百二十个情愿，不论怎样，官中总有东西给我吃，万不致饿死在路中呢。"那绅士给他个不理会，自管掉头走了。朗特尔叹了口气，仍回到原处，正在这当儿，见有两个警察并肩走来，那帽儿上的铜徽章和衣上的铜纽扣，都给阳光照着，一闪一闪地放着光，似乎能够吓退盗贼，只消在远处一见这铜光，就脚底明白，一溜烟地逃了。朗特尔明知他们要来盘问他，只还一动不动地坐在那里，心中很想和他们挑战，索性捉将官里去，将来一朝得意再报仇也不迟。那两个警察一路过来，一步步像天鹅走似的，先还没有瞧见他，直到了他面前才瞧见了。两人都住了脚，向朗特尔从头到脚打量了一会，内中一个便走上来问道："你在这里做什么？"朗特尔冷冷地答道："在这里休息。"那警察又道："你从哪里来的？"朗特尔道："你倘要我说出来处，不是一点钟可不能说得明白。"警察："如今你要到哪里去？"朗特尔道："到维叶阿佛来去。"警察道："你可是住在那里的。"朗特尔道："正是，那边是我故乡。"警察道："但你为什么离了故乡，到外边来？"朗特尔道："因为没有事做，到外边找工事来的。"那警察一声儿不言语，想了半晌，才向他同伴道："我瞧这厮很靠不住，那些流氓无赖，都是这么说的。"当下便又问朗特尔道："如此你可有什么证书护照之类么？"朗特尔忙说："有，有。"探怀取出那七零八落的几张纸儿来。那警察好容易拼在一起，瞧了好一会，待要呵斥他，却没有什么不合之处，就满面现着不满意的神情，仍然还给朗特尔。一壁又问道："你身上可带着钱？"朗特尔道："并没带钱。"警察道："难道一个铜币都没有么？"朗特尔道："正是，连半个铜币都没有。"警察忙道："如此你怎么过日子？"朗特尔道："全仗人家解囊相助。"那警察愣了一愣，很着惊似的说道："这么说来，你是行乞了？"朗特尔冷然道："除了行乞，还有什么法儿？"那警察挺了挺身，怒声说道："你这人没有事，没有钱，敢明目张胆，在大道上行乞，这是哪里说起，快跟我到官里去才是。"朗特尔跳起身来，插在那两个警察中间，很得意似的说道："很好很好，不论哪里，我都愿去。就把我关在黑牢里，下雨时也总有个屋顶遮在我头上，可不至整夜的露宿在雨中咧。"警察们不理会他，只扶着他向市中走去。这所在去市不到一里光景，秃树上没了叶，能瞧见那红瓦鳞鳞，高高的几乎和白云接在一起。过市时，礼拜堂正要行弥撒礼，街中站满了人，一见了朗特尔被警察扶着走来，就立时分了两行，在旁边瞧他们过去。孩子们在后边跟着，不住地鼓噪，人家男女都开出门来瞧，见是个犯人，眼中立时放着怒光，注在朗特尔身上，恨不得拾了地上石子，打破他的脑袋，或是用指爪儿抓破他的脸，更拽倒在地踏他一个半死。然而大家虽是牙痒痒地恨着，却还不知道他犯的什么罪，彼此唧唧哝哝问道："这厮可是个强盗么？或者杀死了人不成？"内中有一个屠夫，以前曾当过骑兵的，说："这人多份是军营中的逃兵。"有一个卖烟草的说："早上曾在市外遇见他，曾给他半个铅质的法郎。"那时又有一个铁匠斜刺里岔出来说："这人就是谋害马来德寡妇的凶手，警察们已通缉六个多月咧。"

朗特尔被警察们送到裁判所中，劈头就见市长直僵僵地坐在当中，旁边坐着个小学教师，似乎陪审似的。市长一见了朗特尔，便笑笑着说道："呵呵，我的好友，我们又相会咧。刚才我不是和你说要捉将官里去，如今怎么样？"一面又问那警察们道："这人可犯的什么罪？"警察答道："市长先生，这人没有家，没有事，没有钱，单是个光身子，胆敢在大道上行乞，所以捉将官里来。只瞧他证书护照，却很完全。"市长道："快取来给我瞧！"朗特尔急忙投了上去，市长瞧了好久，又向警察们道："快给我搜他身上！"警察们搜了一遍，也搜不到什么。市长满面怀着疑，瞧着朗特尔，朗特尔也瞧着市长，一动都不动，很像是两头不同类的野兽，恰恰碰在一起，眼中都含着怒，像要斗起来似的。半响，市长才破口说道："如今我许你自由，不过以后望你别再到这里来。"朗特尔急道："这一个村中，我已踏穿脚底奔走得够了，很愿意给你拘禁起来。"市长怒叱道："你不许多说。"接着向警察们道："你们快把这人押出村外二百码，仍让他上路去。"朗特尔道："去尽去，总得给些儿东西我吃。"市长大怒道："怎么说？我们难道没有旁的事，却喂你吃饭么？"朗特尔大声道："你倘给我饿个半死，我可要铤而走险，去做那罪恶之事，到那时仍要烦劳你们一班肥人呢。"那市长直竖地竖起身来，挥手大呼道："快攕他出去，不去我要生气了！"警察们不敢怠慢，捉住了朗特尔臂儿，拽将出去。朗特尔听他们拖拖扯扯地出了村，直到二百码外。那警察张牙舞爪地说道："朋友，你快走得远些，倘再落在我们手中，可要给手段你瞧咧。"朗特尔并不作答，横冲直撞的向前赶去。

赶了一刻钟光景，并没停过脚，他那心也木木的，不能想什么念头。一会儿走过一所小屋子，窗正半开着，猛可里一阵汤香肉香，把他勾引住了。这时他又饿又怒又恨，馋得像野兽一般把身体贴在墙上，再也走不开去。一面仰天呼道："天哪！天此刻可要分些儿东西我吃咧。"于是提起行杖来，擂鼓般向那门上敲去，又喊道："里边可有人？快开门！快开门！"敲了一会，里边却并没声响，但那汤香肉香又挟着菜香，宛宛的逗将出来，荡在空气中。朗特尔再也忍耐不下，扑的跳进窗去，抬眼望时，见桌边有两把椅子，却并没有人，多份是到礼拜堂行礼去的，瞧那火炉架上，正放着个挺大的面包，两面有两个酒瓶，似乎盛满着酒，炉子上正烧着牛肉和菜汤，香味甚是浓烈。朗特尔先取了那面包用力拗做两段，好像扼死人的一般，一连咬了几口，煞是有味，接着又来了一阵肉香，直把他引到火炉旁边，于是开了锅子，用叉叉出一块牛肉来，先把刀割做四块，和着菜子萝卜，狼吞虎咽似的一阵子大嚼。吃罢，又从火炉架上取了个酒瓶，倒了些酒在杯子里，一瞧却是白兰地，快乐得什么似的，好在身体正冷，喝了定能使血管中暖热起来，他凑在嘴上喝了个干，又倒了一杯，一口喝将下去。到此他猛觉得心坎里填满了乐意，把万种愁恨一起忘了。先前身上冷如冰块，这时却热热的好似烧着，额上更热得厉害，那回血管别别地跳个不住。他一壁还喝着酒，一壁把面包浸在汤中吃着，正吃得高兴，蓦地里听得礼拜堂钟声铿铿响了，知道弥撒礼已完毕，主人快要回来，倘见自己这样放肆，有所未便。想到这里忙把吃残的面包纳在一边袋中，又把那白兰地酒瓶也藏好了，赶到窗前望时，见街上并没有人，当下便耸身一个虎跳，跳出窗外。这回他却并不走大路，穿过了一片田，径向一带树林赶去。一时觉得心儿很轻，身体很强壮，手脚也比先前活泼了许多，只一跳就跳过了田边竹篱，飞也似的入到树林深处。又掏出那白兰地酒瓶来，喝了一大口，只不知怎么眼睛却模糊了，神思也昏乱了，那两条腿又像装了弹簧似的，非常轻快，一面跳，一面却提着嗓子高唱道："撷野草莓于芳春兮，吾心跃跃兮乐未央。"他唱的原是一首古歌，只唱了这两句却唱不下去。一路跳跳蹦蹦地到了一片绿苔上边，软软的衬在脚下，好似铺着天鹅绒毯子。他心中越发快乐，恨不得年光倒流，回到幼稚时代，就着地上打滚好不有趣，接着他便跑了几十步，打了个筋斗，又连打了几个，一边又高唱道："撷野草莓于芳春兮，吾心跃跃兮乐未央。"出了树林，便是一条官路，猛见一个玉树亭亭的女孩子，提着两桶牛乳花枝招展般走将过来。朗特尔一见这牛乳，好像狗见了肉骨，分外眼明。那女孩子也见了他，抬起头来，娇声问道："你可是在那里唱歌么？"朗特尔一声不响，跳到她面前，这当儿他早有了醉意，抱住了那女孩子，一块儿滚在地上。这么一来，那两桶牛乳便全个儿泼了个干净。那女孩子挣扎着起来，见泼翻了牛乳，好不着恼，一壁哭，一壁拾了石子掷朗特尔。朗特尔拔脚飞奔，背上早吃了几下，奔了好久，觉得全身又疲乏了，腿儿软软的，已没了气力，脑中也昏昏沉沉的，记不起什么事来。那时他便在一棵树下坐下，不到五分钟，早已睡熟。

这样不知睡了多少时候，陡觉有人摇他肩胛，张眼瞧时，先就见那两顶铜光闪闪的三角帽，瞧他们脸不是刚才的两个警察是谁？内中一个把绳子缚住了他臂儿，笑着说道："呵呵，朋友，我原知道你仍要掉在我手中的。"朗特尔并不作声，颤巍巍抬起身来，跟着警察们，又向市中走去。这时天色将晚，斜阳一线，照在朗特尔身上，像在那里嘲笑他似的。半点钟后，已到市中，人家早又开了门，男的女的老的小的，都挤满在门前瞧着，见了朗特尔，人人动怒，似乎他们的面包也都被朗特尔吃了去，他们的牛乳也都被朗特尔泼翻了的一般。朗特尔一路走去，一路但听得冷嘲热骂的声音。到维叶大旅馆时，那市长正在里边等着，一见朗特尔进去，又冷笑着说道："呵呵，我的好友，我们又相会了，你一切可好？我第一回见你时，早说你总要捉将官里来的。"说着不住地搓着手，活现出一派得意的神情。朗特尔悲声说道:"我没有罪,我要吃面包。"那市长怒呼道:"恶徒,你这醒醒的恶徒,二十年坐监,你可逃不了咧。"

(原载《小说月报》第 9 卷第 9 期,1918 年 9 月 25 日出版)

欧梅夫人

毛柏霜　原著（法）

　　我很喜欢发狂的人，这些人住在怪梦的境地中，蒙在颠倒错乱的云雾里，凡是他们见过的景物，爱过的人，做过的事，又重新在他们幻想中温理一遍。最快意的，就是立在那管理事物指挥思想的法律外边，不受法律的拘束。

　　在他们狂人中间，再也不知道有什么做不到的事。

他们常有的是虚幻的理想，相熟的是神秘不可思议的意境。理论，是人生的旧界线；理性，是人生的旧墙壁；常识，是引导思想的旧栏杆；他们狂人却把来打破了，一概都不管。他们只在那无边无际的幻想界中，奔跑跳跃，谁也不能阻止他们。他们平日，并不要战服事实，克服敌体，铲除一切阻力。他们只消迷迷糊糊发一个心愿，自己就能做太子，做国王，做神仙；取到世界中的财产和美境；更享受种种快乐；就是要常常强健，常常美丽，常常年少，常常可爱，在他们也都做得到。世界上独有他们狂人，才能得真快乐，就因为他们心中，从没有实际两个字。

我因为喜欢狂人，因此也喜欢观察他们。一天我上一处狂人院去，有一位医生领导我，向我说道："待我来给你瞧一件很有趣的事。"

他就开了一间病房的门，我瞧见里边有一个四十岁光景的妇人，面貌仍还美丽，坐在一把挺大的圈手椅上。她兀是在一面小手镜中，照着她的脸，她一见了我们，立刻站起身来，赶到房间的尽头处，取一个面幕丢在椅上，很仔细地把脸儿蒙住了，然后回过来，把头动了一动，招呼我们。

那医生问道："好啊，你今天可觉得怎么样？"她叹了一大口气，答道："先生，不好，很不好，那窟窿已一天多似一天了。"那医生放着很切实的声音，向她说道："并不并不，我知道你委实弄错了。"她走近过来低声道："并没有错，我是瞧得很清楚的。今天早上，我细细一数，又多了十个窟窿——三个在右颊上，四个在左颊上，更有三个在额角上。这真可怕，可怕极了。我委实不敢给人家瞧见我，就是我自己儿子，也不给他瞧。唉，我可糟了，我这脸永远不美丽了。"说完，她靠在椅背上，抽抽咽咽地哭将起来。

那医生取了一把椅子，挨近她坐了，柔声安慰她道："好了好了，你只给我瞧：我敢说这是不打紧的，一会儿，就好。只需用一些医法，那窟窿就没有了。"

妇人摇着头，不信这话。医生想去揭开她的面幕，她却死命地把那幕双手握着，指儿用足了力，竟把那面幕穿透了。

医生仍安慰她道："你不用着恼，你是知道的，我每一回总给你移去那些可怕的窟窿，只等我完全医好了你，人家就瞧不出什么来了。你倘不把脸儿给我瞧，我就不能替你医治。"

妇人低低说道："我给你瞧原不打紧，但你同来的那位先生我可不认识的。"

医生道："这话是啊，但他也是医生，他也能给你医治，比了我更好。"

到此她才把面幕揭去了，但她又怕，又恨，又害羞，脸和脖子都涨得通红。两眼向着地，不敢抬起，她那头也左右乱旋，分明不愿意给我们瞧见她的脸。

当下她又说道："呀！我给你们瞧我丑到这个模样，心中真挨着万分痛苦。你们瞧我怎样？不是很可怕么？"

那时我瞧了她，诧异得什么似的，因为她脸上一些没有什么。没一个窟窿，没一个斑点，连一个瘢痕也没有。

她却依旧眼望着地，把头回了过去，一壁说道："先生，我就为了看护我的儿子，才传染到这个可怕的病。我救了他，却毁了我的脸面。我为那可怜的孩子，竟牺牲我全副的美貌。只无论如何，我总算尽了我的天职；良心上可也安了。我挨着的痛苦，只有上帝知道。"

这当儿那医生从她袋中取出一支画师用的水彩画笔来，向那妇人说道："我给你医好它。"妇人听了，才把右脸回过来，医生把那画笔点了几下，倒像真的填补窟窿似的。接着又在左颊和下颌上点着，最后便点到额上。立时嚷起来道："此刻你再瞧那镜中，那窟窿一起没有了。"

那妇人便取了镜，很着意地照她脸面。一时似乎把她的心，灌注在脸上，到处都瞧仔细，末后才吐了一大口气道："没有了，竟瞧不出什么来了。我很感谢你。"

医生从椅中站起来，我们俩向那妇人施了一礼，便离了房出来。医生把房门带上了，向我说道："如今我再把这可怜妇人的历史说给你听。"

那医生道："她叫作欧梅夫人。她以前出落得很美丽，很风骚，很能用情，也很有做人的兴味。她是一个最爱美貌的妇人，除了保全这美貌自慰取乐外，简直一辈子没有旁的事。她平时最关怀的，就是美貌，因此很留心她的脸、手、牙齿和其余的身体各部，都须显给人家瞧的。她为了这样留心，直把她的光阴完全占去了。后来她成了寡妇，幸而还有个儿子在着。那孩子自然饱受教育，像交际社会中旁的贵妇人的儿子一样，她也很爱这儿子。孩子渐渐长大，做母亲的也渐渐老了。她自己可觉得不觉得，我不知道。她可也像旁的妇人一般，朝朝对着镜子照她通明柔嫩的玉肌，到如今眼边已起了皱纹，却一天一天的明显起来么？她可也瞧见额上已有了一条条长的小槽，又好像小蛇似的谁也不能阻住她不出来么？她可能挨着这镜中惹出来的痛苦。预知她老年已步步接近了么？她原也知道老年是总要来的，那一面无赖的镜子，正在那里笑她，嘲弄她，和她说得明明白白。老年一到，各种的病便须上她身体。心中任是痛苦，也须消受到死才罢。一死，她方始得救了。她可曾哭着跪着求上帝，使她年少美貌直到末日么？她可曾知道上帝不答应，她便哭着、跳着、嚷着失望么？然而这些事她也只索忍受着，因为是人人逃不了的。到此她就蓦地遇了一件不幸的事。一天（她这时是三十五岁）她那十五岁的儿子病了。到底是什么病，一时还诊断不出。那孩子的师傅是一个牧师，一天到晚看护着他，难得离开病床。欧梅夫人也日夜来探问儿子的消息。"

　　每天早上，她穿着理妆衣，香喷喷地赶来，在门口

98　　　　　　人生的片段

含笑问道："乔治，你可觉得舒服些么？"那孩子被热病逼着，脸儿烧得绯红，一面答道："亲爱的阿母，孩儿已觉得舒服些了。"她在病房中盘桓半晌。一见药瓶，就很害怕，急忙说道："咦！我忘了一件很紧急的事。"说完，急忙逃出病房，只留下她一股很好的衣香。到了黄昏时候，她又穿着一件袒胸的衣服，急匆匆地赶来问道："医生怎样说？"那牧师答道："他还不能断定。"但是一天晚上，那医生沉着脸，向欧梅夫人道："夫人，令郎实是害的天花症。"她破口惊呼了一声，就飞一般逃开去了。

第二天早上，她侍婢到她卧房中去，就闻到一股极浓烈的辟疫糖香。又见女主人白着脸，在床上发抖。她心中很害怕，一夜没有好睡。她一见侍婢，忙问道："乔治怎么样？"侍婢道："夫人，今天更觉得不舒服。"她到午时才起身，吃了两个鸡子，又喝一杯茶，便上化学师那里去，问有预防天花传染的药品没有。那牧师正在餐堂中等着她回来。她一见了这师傅，忙又赤紧地问道："此刻他怎么样？怎么样？"牧师答道："唉！不见有起色。那医生也正替他担忧呢。"她开口就哭，再也不能吃什么东西，心中很觉着急。第二天一清早，天才明，她又差人去探听消息。回来的报告，却总是没有希望。她整日价关上门，老坐在自己房中。小炉子里，烧着各种名香，防她传染。她侍婢说，夜中曾听得女主人呻吟的声音。

这样过了一礼拜，她再也不做什么事，不过每天午后出去一回。一天二十四点钟，几乎每点钟使人来问儿子的病。听说病势加重，就呜呜地哭。第十一天上，那牧师传信过去，要求一见。少停，他白着脸，很庄严地入到欧梅夫人房中。夫人请他坐，他却不坐，沉着声说道："夫人。令郎病势更重了，他要见你一面。"夫人跪在地上，哭着喊道："呀！我的上帝，我的上帝！我终不敢去。上帝啊！请你助我。"牧师又道："夫人，那医生说，复原的希望已很少很少，乔治正等着要见你。"说完，走了出去。

两点钟后，那孩子觉得最后的时刻快到了，又要求见他母亲，牧师便又到欧梅夫人房中去，却见夫人跪在地上，不住地嚷着道："我不愿……我不愿……我很害怕……我不愿去。"牧师劝她，安慰她，想拉她同去。但她只是狂呼，不肯起身，一连好几点钟，仍是喊个不住。

晚上医生来了，牧师把这事和他说，那医生便自告奋勇，说总要劝她来见一见儿子，她要是不肯，便用武力强迫她来。叵耐说了好多话，兀是劝她不动，临了便挟着她向病房来，谁知到得门口，却攀住了门死不放，谁也不能拉动她。医生放了手，她就扑地投身在地，承认自己的懦怯，求大家宽恕她。接着又放声呼道："咦！他绝不会死的，我求你们告诉他，说我爱他，十分的爱他。"

那孩子临死，很觉痛苦，又要求和他母亲相见，借着话别。这时回光返照，心地清明，顿时猜到他母亲不来的缘故。便支撑着说道："她要是不敢进来，就求她到阳台的窗前，我虽不能和她亲一亲吻，也好见她一面，把这一双眼睛向她老人家告别。"那医生和牧师就又赶去劝那欧梅夫人，向她说道："这个并没有危险，你和他两人之间，有一扇窗隔着。"好容易才把她劝得答应了，当下便裹住了头，取了一瓶闻盐，在阳台上走了几步，猛可里却又把两手捧着脸，呻吟着道："不去不去……我终不敢……我很害怕……我又很害怕……不能，这个不能。"他们俩想把她拉近窗前，她又攀住了阳台上的栏杆，不住地嚷着哭着，街上行人，都立住了脚瞧热闹。

可怜那孩子，睁着两眼向着那窗，很恳切地等他母亲见一见面，他要这最后的一次，瞧他慈母那个美丽可爱的面庞。然而等了好久，天已入夜。于是在床上翻一个身，把脸向着墙壁，再也不说一句话。

天明时，他就死了。第二天早上，他母亲也就发狂了。

瘦鹃道：妇人爱她的美貌，好似孔雀爱它的文羽，孔雀的文羽，总免不得要给人家拔去；妇人的美貌，到头来也总要被无情的光阴先生毁坏的。唉！欧梅夫人啊！你何必如此爱你的美貌，竟辜负了你爱子临死时撑眼窗前，巴巴地盼望你。他死了，这一双眼可也不闭的。你只知美貌，不知爱子，你真是个没心肝的妇人。

（原载《小说月报》第11卷第4期，1920年4月25日出版）

莲花出土记

毛柏霜　原著（法）

"这便是山木莲伯爵夫人？"

"可就是那边那个穿黑衣服的妇人么？"

"正是此人，伊正给女儿服丧，那女儿实是被伊杀死的。"

"这是真的么？伊是怎样死的？"

"咦，这是一节极简单的故事，并不是真有什么杀人流血的举动。"

"那么毕竟是什么一回事呢？"

"算不得什么，他们说天下原有好多娼妇，天生是有德的女子；而有好多号称有德的女子，却偏偏是天生的娼妇，这话可不是么？如今这一位山木莲夫人，便是天生的娼妇，而伊的女儿却是一个天生有德的女子。"

"我不很明白你的话。"

"待我和你说个明白，那伯爵夫人不过是一家寻常的暴发户，谁也不知道伊的来历，据我所知，多份是一个匈牙利或华兰钦的贵妇人罢了。某年的冬间，伊在哀丽西街租了琼楼绮阁，突然的出现了。这一带原是许多棍徒、女骗出没之地。伯爵夫人闲居无事，专讲交际，无论是谁上伊的门去，伊是没有不欢迎的。

"我也去了，你定要问我为什么去，但我可不能奉答。我也像旁的人一般心理，因为那种地方有娇柔的妇人和不正直的男子，最便于鬼混的。这期间也居然有好多贵人，都很高贵，都有爵衔。但那些公使馆中并不知道他们，所知道的，不过是内中几个间谍。这些贵人也往往高谈道德，却并不实行，又彼此夸张他们的祖先，乱说他们的身世。其实骗子恶棍，一一都有，袖子里藏着假纸牌，作翻戏之用，总之这是一个男盗女娼的最高组合。

"我很喜欢这般人，因为他们很足供我的研究，而和他们结识，也是很觉有味的。他们的妻大半是美妇人，举止轻佻，不知来历，也许曾进过改过局的。伊们往往生着很大的媚眼，和丰美的云发，我也甚是喜欢伊们。

"山木莲夫人也就是这一类人物，温柔倜傥，玉貌未衰。像这样的可意人儿，你却能觉得伊们的骨髓之中，都含着邪恶之念。你倘前去访问时，那最是有趣。伊们往往举行叶子戏会，或是跳舞夜宴，无所不备。凡是交际社会中一切娱乐，都能给你享受。

"伊有一个女儿——是个长身玉立的美女子。伊也常喜行乐，欢笑无度。有其母必有其女，自不足为怪。然而伊却是一个天真烂漫，很正直很纯洁的好女儿。平日间什么都瞧不到，什么都不知道，也从不了解那些鬼鬼祟祟的事情，正发生在伊父亲的屋中。

"我对于这女孩子很怀疑，伊简直是个神秘之物。瞧伊住在这黑暗龌龊的环境之内，却始终抱着安闲镇静的态度。从这上边推测起来，可知伊倘不是同流合污，那就是为了天真未凿不解事之故。伊仿佛是一枝好花，从泥污中挺生出来。"

"伊们的事情你怎么知道的？"

"你问我怎么知道么？这也是很有趣的事。有一天早上，我门上铃声大鸣，我的侍者上楼来说，有一位约瑟蒲能山要和我说话。我忙着问道：'这位先生又是谁啊？'我侍者答道：'先生，我不知道，也许是谋事来的。'见面之后，果然如此。那人要我收留他，做我的下人。我问他先前在哪里服役，他答道：'在山木莲伯爵夫人家里。'我道：'咦，但我这里是和伊家完全不同的。'他道：'先生，我原知道的。我也就为了这缘故，愿意给先生服役。我和那班人合在一起，也挨得够了。和他们作短时间的周旋还使得，却万万不能久留。'这时我恰恰要添雇一个下人，因便把他收下了。

"一个月后那位山木莲伯爵夫人的女公子惠德姑娘忽然很神秘地死了，伊那死的详情，我都得自约瑟。而约瑟是得之于他的情人，原来他情人是在伯爵夫人家充侍婢的。

"那夜是个跳舞会之夜，有两个新到的宾客，同在一扇门后闲谈。惠德姑娘舞罢，正靠在门上，吸一些新鲜的空气。他们并不见伊走近，但伊却听得他们的说话，以下便是他们所说的：

'但那女孩子的父亲是谁啊？'

'似是一个俄罗斯人，换作罗凡洛夫伯爵，他如今不再和伊母亲接近了。'

'那么如今又是谁在那里南面称王啊？'

'便是那立近窗口的，一位英国亲王。山木莲夫人很爱他，但伊对于男子的爱，从不能维持到一个月或六礼拜的。况且伊还有许多面首，全来瞧伊——也全都上手的。'

'但这山木莲一姓伊是从哪里得来的啊？'

'此人多份是伊唯一的恋人了，他是一个柏林来的犹太银行家，名唤山茂尔木莲，夫人的姓就脱胎于此。'

'很好，谢谢你，从此我瞧见伊时，一壁就可知道伊是怎样一个妇人，我去了。'

"那天生是贤德女子的惠德姑娘，听了这一番话，心房中何等的震动。伊那单纯的灵魂中，又何等的失望。

这种精神上的痛苦，顿把伊心中的乐观，人生的快感，和一切活泼地欢笑，全都扑灭了。到得宾客们完全退息时，伊那稚弱的心坎中，当然起了剧烈的争端。这些事都由我推想而得，并不是约瑟对我说的。但是这天夜半，惠德蓦地到伊母亲卧房中去，那时伯爵夫人恰要上床睡了，惠德便打发侍婢出去，关上了门，直挺挺地立在那里，白着脸张大了两眼，说道：'母亲，请你听我说一番话，是我刚才在跳舞场中所听得的。'当下伊便一句句的把那番话复述了一遍。

"伯爵夫人也震了一震，一时不知道该怎样回答。一会儿才恢复了伊镇定的态度，否认一切，并且说伊敢请上帝作证人，证明这些话是并不实在的。那女孩子便走开去了，伊那小小的芳心中，甚是扰乱，终不很相信，从此便察看伊的母亲。

"我记得伊从这一夜以后，便大大地改变了，变得庄严而沉郁，常把伊那双诚恳的巨眸注在我们身上，似乎要读我们的心底里怀着什么意思。我们先还不知道伊是何心理，还道伊正在那里物色丈夫呢。

"一天黄昏时候，伊偶然听得伊母亲和一个面首讲话，末后又见伊们俩同在一起，于是伊确信旁人的话是不错了。一时芳心欲碎，把伊所亲见的告知了伊母亲，又像商界中人订什么契约似的，冷冷地说道：'母亲，如今我已决定了，我们俩该立时移往什么小镇中去居住，或是到乡间去隐居，只是静静地过我们的生活。单是你所有的首饰，也抵得一笔偌大的财产了。你倘要嫁什么正直的男子，那是再好没有。便是我也不妨物色一个好青年，以身相许。你要是不依我这么办，那我唯有自杀。'

"这时伯爵夫人便命伊女儿快快去安睡，不许再说这些没意味的话，做女儿的对于母亲，也未免太放肆了。惠德听着，却答道：'我且给你一个月的期限，好好地想一想，要是到了这一个月期满之后，仍还不改变我们的生活状态，那我一定自杀。可是我的一生，已长陷在泥污中了。'说完岸然出室而去。

"到了这一月期满时，山木莲伯爵夫人仍是大宴宾客，欢笑鼓舞，似是没事人儿一般。一天惠德推说牙痛，从邻近一个化学师那里买了几滴麻醉药，第二天又多买了些，每一次出去，总得买一些回来，如此装满了一瓶。"

"一天早上却发现伊僵卧在床，玉体已冷，早没有了性命。脸上蒙着一个棉花的面具，浸透了麻醉药。"

"伊的棺上堆满了无数香花，教堂中挂着白，举行殡殓典礼时，参与的人着实不少。"

"唉。我要是知道伊是个有德的女子，那我定然娶伊为妻，可是伊那个宜嗔宜喜的娇面，也非常的美丽啊。"

"伊那母亲又怎样呢？"

"伊也曾流过好多眼泪，但过了一个礼拜，早又开阁延宾，酣歌恒舞了。"

"伊对于女儿的死，又怎样说辞呢？"

"咦，伊们推说是新装了一只煤气炉，机栝不妥，才出了这岔子。可是这个原也是常有的事，人家就深信不疑了。"

（原载《半月》第 4 卷第 21 期，1925 年 10 月 18 日出版）

绛珠怨

裴尚夫人[①]　原著（西班牙）

伊美兰裴尚伯爵夫人（Countess Emilia P.Bazan），
为西班牙唯一之女文豪。以一千八百五十一年生，
至今健在。其人才调纵横，突过男子，为诗人，为
小说家，为评论家，为戏剧家，为传记家，为史学

---

① 今译为埃米莉亚·帕尔多·巴桑。

家，又为一辩才无碍之演说家。其生平著述甚富，一千九百十一年间曾以专集付刊行世，都三十八卷。所撰短篇小说数百篇，类皆精湛可诵。此篇为其杰作之一云。

这是我一个不幸的朋友对我所说的话：

"世间唯有男子肯镇日的关闭在一室中，夜间又作长时间的工作，挣了钱来，博他所爱妇人的欢心。他又喜欢逐渐地积蓄起钱来，好随时满足伊最虚妄、最细小的心愿。有时伊想到什么，分明是一场幻梦、一种空想，万万不能实现的。而我偏要尽心竭力，使伊的幻梦空想变成事实。我但愿仗着我的工作和爱情，能把伊所想望的事物放在伊的手中。使伊在惊喜之余，将一双嫩臂，挽住了我的脖子，表示感激，那我可就快乐极了！

"所怕的，我出去时手册中夹满了钞票，心中欣欣然早有了购买那东西的成见，谁知那首饰商却已有了别的主顾了。这回我想把一对美丽的绛红珍珠，放在露雪兰的纤手之中，瞧伊娇脸上的喜色。可是伊先前曾吊在我的臂上，望在那首饰店的窗子里，委实是想望已久咧。

像这样一对完美的珍珠，式样和颜色彼此相同，闪闪地发着娇红的光彩，实是很难觅到的。我生怕哪一个富家妇，已把这绛珠买去，早安然地锁在伊首饰箱中，那么我真失望极了。到得我赶到那首饰店的窗前时，禁不住如释重负地吐了一口气。原来那两颗镶钻的绛珠，仍还陈在一只白天鹅绒的匣中。一面陈列着一挂钻石大项圈，一面陈列着一串金手钏。

"我原也料到自己作此遐想，代价是不小的。我向那首饰商问价时，他一开口，顿把我吓退了。瞧那两颗豆一般大的小小东西，任把我全部的积蓄都放在上面，还是不够。像我这样一个寒酸的人，本不配买这种首饰的。当下便迟疑着，心想那首饰商不要估量我不知道这些东西的价值，因此故意抬价么？心中正在这样想，两眼望着窗外，却陡地瞧见我那老友和同学江才介陆伦德。他也是我生平一个最知己的朋友。我一见了这相熟的脸，便决意赶出去唤住他，预备把这绛珠问题向他请教。可是这位顾影翩翩的江才介，对于这些入时的衣饰很有经验。他在那些富人们的中间，也是很著名的，人人都和他合得上来。他平日却还时时光顾我的寒舍，我不是一向很感激他的么？像他那么一个人，还把我们放在心上，这便是他的好处。

"我赶出去唤住他时，江才介似乎很诧异，很愉快，立时同着我入到首饰店中。我向他说明了请教的意思，他很赞美这对可爱的绛珠，说他在交际社会中所认识的几位富家妇，得了这样名贵的东西做耳坠，那无论什么代价都愿意出的。端为那娇红的双珠，镶着那一小圈小钻石，分外的美丽动目。当下里他把我拉在一旁，悄悄地说，瞧了这双珠的美丽，觉得那首饰商索价并不太高。我也很觉江才介的话不错，但我所惭愧地只为手头的钱不够，眼见得不能成交了。末后我便对江才介说明，自己原很想买这一对绛珠耳坠赠予吾妻，亘耐我没有能力付这么大的代价。江才介便像仗义的朋友一般，揭开了他的手册，取出几张钞票来递给我。同时又笑着赌咒，说我要是不容纳他这一些相助的微意，那我们将来相遇时，便得和我绝交了。这时我何等的难受，一方面我既不敢收受这借款，生怕自己无力归还，一方面倘不付足这笔代价，那又不能把这名贵的珠耳坠带回家去。最后我毕竟为那要吾妻快乐的一念克服了，满腔子充满着乐意，直要跪下地来，亲他那只助我的手。于是我便邀请江才介第二天和我们一块儿用餐，瞧我把这绛珠耳坠赠予吾妻。我们就这样约定了，分手而去。我衣袋中揣着那小小匣子赶回家去，自觉肩上生了翅了。

"我回去时，吾妻正在扫除客室。伊对我瞧着，我便开口说道：'搜我的衣袋，瞧里面可有什么东西？'伊像活泼泼地小孩子似的，跳着拍着手，娇呼道：'咦，送我的礼物，待我来搜寻。'伊把我身上所有的袋儿都翻了个身，一边来呵我的痒，临了伊才把那小小匣子找到了。我再也忘不了伊那时一见绛珠，便没口子地欢呼起来。接着拉下我的脸儿去，不住地接吻，说我是世上最善良、最仁厚的丈夫。这当儿我自觉得伊当真爱我的。平日伊原料想我断没有买这绛珠的能力，这一回事真使伊喜出望外咧。我见伊快乐，自己也快乐。等不得瞧伊明天才戴这珠耳坠，因便唤伊把那两个小金环子卸下来，忙将那绛珠系了上去。伊周身都现着喜悦之色，连两个耳朵也泛作玫瑰色了。如今想起了这些痴情的影事，便觉苦痛非常——唉，我可也不能不想啊！

"第二天是礼拜日，江才介如约来和我们一块儿用餐。我们都很快乐，一时笑语声喧，分外的热闹。露雪兰穿了一身最好的衣服，是灰色绸制的，和伊很为相配。伊又在胸口簪了一朵红玫瑰，恰和耳上戴着的绛珠耳坠一色。江才介又带了戏园子的入座券来，我们便一同过了个极乐的黄昏。第二天上，我仍去工作。工作过了规定的时间，想多挣些钱来，归还吾好友助我买珠的借款。我回到了家里，坐下来和露雪兰同用晚餐，我劈头就瞧伊那双美丽的小耳朵。霎时间我跳起身来，惊呼了一声。原来见伊一个钻石小环子里已空无一物，那绛珠已失去了。我便嚷着道：'你已失去了一颗绛珠。'吾妻答道：'你这话不是的吧。'说时急忙把纤指伸到耳上去，抚摸那耳坠。伊见一颗珠儿当真失去了，似乎非常地震惊。我也不由得惊异起来，只并不是为了那绛珠的失去，端为眼瞧着露雪兰模样儿分外忧急之故。于是我对伊说道：'不必如此担心，那珠儿一定掉在什么地方。我们好好地找去，自能找到的。'

"我们到处搜寻，拍过了地衣，翻过了毡毯，察看过了帷幔的裥缝，把一切家具都移动了，便是露雪兰声言几个月来从未动过的箱箧，也一一开看。末后眼见我们的搜寻落空了，露雪兰便坐下来哀哀地哭泣。我问伊道：'你今天可曾出去过么？'伊很考虑似的答道：'是的。咦，是的。我确曾出去过。'我道：'亲爱的，你到过哪里？'伊道：'咦，我到了好几处，我出去是——是买东西的。'我又道：'你到过什么商店？'伊道：'此刻我已忘了呀，是的我曾到过邮务局，又到了同街的几处地方，我又到过广场中的布店，又到过散步场，又——'我道：'你是步行呢，还是坐了街头的马车或汽车去的？'伊道：'我先是步行，后来坐了一辆马车。'我道：'你在哪里上车的，可曾留心车上号数？'伊道：'不！我不曾留心呀！我如何会留心到这个呢？那不过是一辆路过的街车，我恰恰又走得乏了。'说到这里，又哭了。我道：'吾爱，但你也该放明白些。'这时我瞧伊似乎要发狂了，又忙着说道：'你定还记得去过的商店，倘能开一张单子给我，我不妨一家家给你问去，一面再在新闻纸上登一个广告。'伊怒呼道：'呀！我记不得了！请你给我静一会罢。'我瞧伊分明为了失去我所赠的礼物，才如此忧急，心中很觉怜悯伊，因此也不说什么了。

"我们过了个很不快乐的夜。我不能入睡，见露雪兰也兀自转侧着，兀自暗暗饮泣。一面假做入睡，生怕惊动了我，然而无论如何，总也不能安静。我也自管想着怎样去找寻那颗失珠。第二天清早起身，决意让露雪兰安睡一会。当下我便去和我那位乖觉的好友江才介陆伦德商量。我想起警察们对于人家失去的珍物，也许能够找到的，便希望借重了江才介的势力和经验，助我干成这件重要的事情。

"那下人向我说道：'我主人正睡着，先生但请你进来，在书房中等一会儿。到得他能见你时，我便报与你知道。在这十分钟内，我须把朱古律送进去，就对他说你老来了。'这当儿那下人分明也瞧见我焦急不耐的神情了。我打定了主意等候他，那下人便开了书房中的窗子，一壁请我进去。里面充塞着纸烟的烟气和香水的香，我心想自己要是不等在这里，而直闯到吾友卧房中去，便怎么样。

"那下人开了窗子放进第一道的天光来，他还没有请我坐下，我便一眼望见那土耳其温榻下一条蓝布地白熊皮毯子的长毛中，闪闪地有一件东西在那里亮着，原来就是失去的那颗绛珠。

"我见了这失珠，心中所发的感想。倘发生在你们的心中，你们要是问我该如何处置这一回事，那我就得很诚实地答道：'你该从温榻上面挂着的武器中，取下一柄刀来。冲到那奸细睡着的卧房中去，使他永永醒不过来。'

"但你们知道我那时怎么办呢？我只俯下身去拾起那珠来，纳在衣袋中，悄悄地出了这屋子回家去。吾妻已起身梳洗，只是模样儿很局促不安。我立着对伊瞧，并不动手扼死伊，只放着沉静的声音，唤伊戴上了耳坠。接着我便取出那珠来，擎在两指之间，说道：'这就是你所失去的，你瞧我不多时便找到了。'

"当下我忽然莽撞似的发起怒来，觉得我急着要复仇，要发狂了。因便赶到伊面前，从伊耳上拉下那双耳坠，掷在脚下一阵子乱踏。我并不要杀死伊，也不知道为的什么，只一口气跑下楼梯去。到最近的一家酒店中，要了一杯白兰地喝。

"我可曾重见露雪兰的面么？是啊，曾见过一面。伊靠在一个男子的臂上，却并不是江才介。我见伊左耳的耳轮上有一个瘢痕，似乎从中间扯下来扯碎了的。这当然是我的所为，然而如何下手，我可已记不得了。"

（原载《紫罗兰》第 1 卷第 2 号，1925 年 12 月 30 日出版）

登天之路

赖格罗芙[1]　原著（瑞典）

雪尔梅赖格罗芙（Selma Lagerlof），为瑞典著名女小说家。曾得努培尔[2]奖金，全欧文家多推重之。盖以女子而得此奖，为难能可贵也。斯篇富有含蓄，为其短篇杰作之一。

---

[1]　今译为拉格洛夫女士。
[2]　今译为诺贝尔。

一连好几年，那陆军少佐的夫人主持着一所公共的住屋。那老大佐裴伦克洛，就住在伊克白这所屋中的一部分。这部分便是供给骑兵中人居住的。自少佐夫人死后，那骑兵们快乐的生活也完了，老大佐便住到罗文湖南岸一所田舍中去。他在楼上住了两间房，那较大的一间，通入小些的一间中。这田舍中人都住在楼下，便给老大佐完全占住了一层楼面。他在这里过活，直到七十五岁，也并不雇用一个下人侍奉他。他那房间收拾得很整齐，一日三餐，都自己料理，便是他那匹马，也由自己喂养的。他说，这些事情，都足以助他消磨光阴。其实他也太穷了，无力雇用什么下人。他整日价兀自忙着，只为手头事情太多，忙得不可开交。

　　老大佐在他的起居室中，织起一条很奇怪的地毯来。近边教堂中人都纷纷议论，暗暗诧异。这地毯并不是在织机上织的，却把一条条的线从这边墙上绊到那边墙上。人家入到室中时，仿佛投在一个绝大的蜘蛛网中。大佐往往在这些织得很巧的线条中间往来走动，东也绊一条线，西也绊一条线，又选择配合得当的颜色。这地毯要是完全织成，直可比得上古时甘达哈和蒲加拉的地毯一样美丽。但他老人家工作很迟慢，忙了好久，还织不到两方尺。

老大佐睡在里房一张小帆布床上，这床他曾在德国出征抵敌拿破仑时用的。室中的器物，也陈饰得不错。有一夜夏夜，老大佐正睡在这房中，忽被楼梯上一阵很重的脚步声惊醒过来。就那蒙暗的天色瞧去，分明是已近夜半了，他心中想道："这班农人真很奇怪，怎么从不知道那外边的门锁上的。"老大佐原是个很有秩序的人，平日间曾因农人们不锁门就去安睡，常加责骂。今晚大约又不曾锁门，才使那不速之客闯到屋中来了。听他的脚步声响，绝不是偷儿，也绝不是喝醉了酒的酒徒，来胡乱投宿的。

老大佐听着那脚步之声，以为总是上顶楼去的。谁知并不上顶楼，却正向着他的房门咯噔咯噔走来。一会儿又听得门上的钥眼中，钥匙转动了。大佐又暗暗想道："你要开我的房门，尽你去试吧。估量你总也闯不进来。"原来他老人家在临睡时，早把房门下了锁上了键了。也为的楼下农人们过于大意，所以他是很仔细的。然而说也奇怪，那来客竟很容易的开了房门，入到起居室中。但那未完工的地毯，线条纵横，室中又半暗，没有灯光，一路摸索，实是很难行走的。

老大佐又自语道："如今这恶徒定然是缠住在那地毯的线条中，怕要把我的工作弄坏了。"他预备跳下床来，把那人撵下楼去。不道正在这当儿，却听得那脚步声已向着房门过来，步步停匀，好像兵士进行的步伐一般。大佐望着门，明明见门上上着键，当下便又自言自语道："好了，无论如何，你再也不能前进一步了你——"他还没有说完，蓦见那门呀的开了，嘭的撞在墙上，似是被什么大风吹开似的。

老大佐坐直在床上，放着发号令的声音，鸣雷般问道："哪一个？"那来客把脚啪的并在一起，又有钢铁磨击之声，似乎拔出兵器来的样子，接着放声答道："大佐，来的是死神。"听这答话的声音，也异乎寻常，既不像是人类，却也不觉得阴惨可怕。在大佐听去，似是从风琴上或旁的大乐器上发出来的。听那声调很为严肃，细味时却又和谐可听。他的灵魂中倒不由得充满了一种渴望，望自己也能入到这好声所发的境域里去。

老大佐扯开了衬衣，准备着有快刀刺上心来，口中一壁说道：“快快了却这回事吧。”但那来客却并不下手，只答道：“大佐，我在明天的夜半以前再来。”于是又听得一阵脚跟相并声，兵器磨击声，那重重的脚步也退出去了。不一壁又听得阖门的声响，连那门上的铁键也照旧插上了。

　　老大佐很害怕地倒在枕上，悄悄地躺在那里听那脚步声渐渐没去。他出了屋子穿过田场的当儿，脚步声已轻了不少。老大佐便霍地跳起身来，赶到窗前去瞧，心想总能瞧见那来客的模样了。但他把面庞贴紧在玻璃上，很着意地瞧去，却只见田场中小径分明，并没有人在那里走动。然而那脚步的声响，隔着窗子还听得出，并且还可以指出那发声之处咧。

　　老大佐耸了耸肩，他早就知道这不是当耍的事了。他勉强地想开去，只以为是什么顽皮的少年，故意恶作剧，借着来吓他的。但他心中也明白实际上不是如此，他刚才所听得的声口，明明不是人类的声口啊。第二天有什么事降临在他身上，他早已料到。仗着他是个老军人，很能处以镇静。不过这一夜他也不能再睡了，取出他最好的衣服来，很着意地穿在身上，又好好的修净了面，刷光了一头白发，直刷得光亮如银丝一般。他想不久就有人来收拾他的遗骸了，总该装扮的齐齐整整才是。

老大佐把一张圈椅放在窗前，坐了下来，膝上摊着他母亲的一本旧圣经，等到天光一明就读。不多一会，东方有红云升起，把黑暗驱逐了，一轮旭日，快要从云幕中涌现出来。他便戴上一副眼镜，读了两页圣经，接着从圣经上抬起眼来，悄悄地想着。这当儿他一个人在此，又并没牧师相助，他很想和造物之主发生一种谅解。末后他把圣经合上了，立起身来一手放在上边，说道："我不能明白你，然而到了最高的法庭中，总比这低级的法庭容易谅解些。"说完，他心中很安静，便在写字台上坐下来，安排他身后的丧事。他的遗嘱中，须把他那匹老马毁灭，倘有人肯放枪击死他，便以小银杯一具为酬。他又把一切账目计算了一下，自己共有多少，欠人的有多少。他的器具和个人的零物，应当归谁承受。一大半都送给一个小女郎，伊是这里田舍主人的幼女，和他老人家甚是亲爱。他在忙的时候，伊总要来坐在他的房中，所以老人身后，定要报答伊的一番好意。到得他的事情

　　　　　　人生的片段

完全办妥时，已近八点钟了。他又须干日常规定的职务，忙了两个钟头才得了自由，可以随心所欲的过这最后的一天。他决意要做些非常的事，给自己祝贺一下。

他坐在园子里想了好久，他想道："今天我当然不想再织那地毯，无论如何，终于不能完工的了。我得坐一辆轻便的马车，任便到什么地方去跑一会。这是我最后的一天，没的再老坐在这田舍中消磨过去。而这里的人，可也一些儿不知道我过去的身世的。"这时老大佐的心中，烧起一阵活火，又恢复了他过去的精力，他打算要把这一天在奢华富丽中过去。他很想重入世界，再享受那过去所享受过的快乐。任是不能一一领略，也得拣几件最好最可爱的事，领略一下。

老大佐急急地立起身来，出去驾他的马。他穿上一件旧时的军衣，虽已穿了一生，却还没有破碎。当下他坐上马车，飞一般的去了。一会儿便到了一个五路交叉的所在，他停下马来，心想这是他最后的一天，应当决定怎样一个行乐之法。这五条路，可以通到五个所在，都是他犹有余恋的。

前面一条大路，直达加尔斯德，只需几个钟头便可到那边了。他有几位老友，仍还住在这镇中，他尽可召集起来，在客店中开一个同乐会。他们能编造笑话讲述有趣的故事，痛饮最上品的美酒。再由那镇中鸣钟报事的人，唱几支好曲儿听听。最后的余兴，大家合伙儿弄纸牌玩。老大佐想起他手指间夹着纸牌，竟快乐得打颤起来……

这大路的右面，又有一条路，是通往德洛士那去的。那边有佛兰轻步兵的营寨，老大佐自知以旧日统领资格，一旦降临，全营的兵士都得列队欢迎。那些穿着绿色制服的孩子们，都笑吟吟地向着他。他老人家从军时的勇名，是人人知道的。那时军中的乐队，少不得要击起鼓来。而他那可爱的军旗，也得在风中飘飏咧……在这一瞬间，老大佐似乎要赶往德洛士那去，但他终于没有去。因为他心中渴想要到一个无穷无尽的所在，便又转向别条路上去了。

左面有一条绿柳敷荫的荫路，他倘要前去，不多时便可到邻近的一所大厦中。这大厦中的主人，是一位婉娈可爱的命妇。他老人家曾经恋爱过的，如今伊已老了，但比他还小几岁，况且像伊那种妇人，任是老了也很可爱。老大佐和伊阔别多年，久未见面，心知在这最后的一天前去瞧伊，彼此定很快乐。这一天真好似进了天堂一般，他们俩又可在那些华丽的房间中往来同步，像少年时一样。四下里围着罗绮锦绣，说不尽的富丽斋皇，也可使他立时忘却这晚年的穷苦和寂寞了……

还有一条路向西北方的，可以通往伊克白。那边有极大的佛兰铁厂，还有先前少佐夫人和骑兵们所住的住屋。这所在正是老大佐所爱。目前住在那边的人，他虽并不认识，然而人家也一定开了门欢迎他。因为他是骑兵队中的有名人物，而且当时使这枯寂无欢的伊克白，变作一个歌舞快乐之乡，他老人家也有份儿的……

他把两眼注在末一条路上了，他要是选定这一条路，那么日落时便可到一所罗夫达拉小田庄中。这田庄的主人，便是鼎鼎大名的琴师李杰葛洛南。田庄极小，无可流连。所足以吸引他的，都是那琴师的妙乐。当下老大佐一见这条路，就知道是势所必去的了。他自己也很奇怪，为什么定要走这条路，然而他已立了决心，不能变动。这一天傍晚时，他就到了罗夫达拉，那琴师李杰葛洛南见是个伊克白的旧相识，便很亲热的欢迎他。

也不等老大佐请求，先就取了他的四弦提琴，轻拢慢捻起来。叵耐李杰葛洛南也已老了，琴技已不如当年。听那琴声泠泠中，似乎含着一种迟疑，又像在那里搜寻什么，而不是言语所能表白的。曾有一般人说，他目前的琴技，已没有听的价值。老大佐也曾听得过这种传言，但他此刻端坐静听，仍觉得曼妙动人。他明白自己快要在这几小时内死了，而李杰葛洛南正在给他铺一条路，是通入太空去的。他听着这妙乐，一边似在暗中摸索，远远地达到了人类思想所不及之地。他好生感动，便对李杰葛洛南说明昨夜死神降临的事。今天已是他最后的一天了。

李杰葛洛南也很感动地说道："你因此之故，今天便赶来瞧我么？"老大佐眼睁睁地注在前面，答道："我并不是专为瞧你而来，我实是要听你的妙乐。觉得我在这最后的一天，再也没有别的可以听了。你想那音乐之力，不是很神奇么？"李杰葛洛南道："是啊，你的话很对。音乐原是极神奇的。"老大佐又道："也许为的音乐并不是专属于这世界，你要说明此中玄理，却又容易明白。"说到这里，指着天上道："吾弟，你可曾想到那音乐便是上方所用的语言么？达到我们下界来的，不过是一丝低弱的回声么？"李杰葛洛南道："你的意思是——"他觉得很难措辞，便顿住不说了，老大佐却接口道："我以为音乐是属于天上，也属于人间的，也可说音乐是一条登天之路。如今你就在赶造这一条路，停会儿给我登天去的。"

李杰葛洛南听着老大佐的话，把他的灵魂完全贯注在音乐中，重又奏起四弦琴来。老大佐坐在这幽静的夏夜中，细细地听着，猛可里向前一扑，倒在地上了。李杰葛洛南急忙跳过去，把他扶在床上，老大佐开口说道："我一切都好，我如今正在走过天地之间的一条路。吾弟，谢谢你。"

从此他再不说话，两小时中，他便死了。

（原载《半月》第 4 卷第 16 号，1925 年 8 月 4 日出版）

复仇者

柴霍甫[①]　原著（俄）

按：柴霍甫（Anton Tchehov）为俄罗斯最著名之短篇小说家，与法之莫柏桑、美之欧亨利鼎足而三。以一八六〇年生于俄罗斯南部，初读于本乡之专门学校，后入莫斯科大学学医，间以赝名投稿于

---

① 今译为契诃夫。

报章杂志，既毕业任职某医院，后充医疫部主任。阅数年，忽折节治文学。先出一小品专集，读者称之。所作小说，长篇有《决斗》一书，余皆短篇。剧本有《海鸥》《樱园》《三姊妹》《伊佛讷甫》，并独幕剧数种。以一九〇四年卒。夫人柯妮蓓，为名女优，至今健在。父初为农奴，力作甚苦，后得恢复自由云。

福道洛维支薛甘甫发现了他夫人有和人暧昧的事。一会儿他就立在那施木克枪店中，挑选一柄合用的手枪。他的面容上，表现着愤怒、忧闷和不可改移的坚决心。

他心中正在想着道："我自己原知道这事该怎么办的。家庭的尊严已破坏了，名誉已踏在污泥中了，而罪恶反志得意满，占得了胜利。我既是国民一分子，又是一个很有体面的人，那么我定须做他们的复仇者。第一步，我先杀死了伊和伊的情夫，然后自杀。"

他还没有选定一柄手枪，也还不曾杀死过什么人。但他的幻想中，早已瞧见三具血迹模糊的尸身，脑壳已破碎了，脑汁正漏将出来。又瞧见四下里的骚动，无数看热闹的闲人，和验尸时的一番情景……他处于受辱人的地位，怀着一种恶毒的乐意，推想到亲戚们和社会中的惊惶和奸妇的苦痛，精神上正读着新闻纸中关于家庭破毁的重要论文。

那店伙是个短小活泼而法兰西化的人物，圆圆的肚子，白白的半臂。他把各种手枪都陈列出来，很恭敬地微微笑着。他那一双小小儿的脚，轻踏着地上，说道："……先生我劝你买这一柄精美的手枪，是史密斯和惠生公司的牌子。要知枪械学中最近的术语，便是三响头，有放射的机栝，六百步外杀人，视线集中。先生，请你注意这种手枪的美观，先生，这实在是最最时式的，我们每天总得卖去一打。可以杀盗贼，杀豺狼，杀情夫，动作很正确而有力，远远地便可击中。只需一个弹子，尽能致奸夫淫妇的死命了。至于用以自杀，那么除却这种手枪，我也不知道再有更好的货色。"

那店伙将枪机拨着扳着，在枪管上呵着气，又瞄准了，看他甚是快乐，几乎透不过气来。瞧了他那种扬扬得意的模样儿，仿佛是有了这史密斯惠生的好手枪在手，尽不妨放个弹子到脑袋中去的一般。

薛甘甫问道："是什么价钱？"

店伙道："先生，四十五个卢布。"

薛甘甫道："咦……这价钱在我以为太贵了！"

店伙道："先生，既是如此待我另外给你看一个牌子，价钱便宜些。请你自己来看，这儿各种货色都有，价钱也贵贱不一……譬如这一柄手枪，是赖福九牌子的，只需十八个卢布，但是……"（店伙很鄙夷地皱着他的脸）"……但是，先生，这枪是旧式的了，来买的无非是那些发疯的妇人和神经错乱的人。用一枝赖福九手枪自杀或杀妻，在近来要说是不时髦了。唯有史密斯惠生才是最合用的牌子。"

薛甘甫很不耐地撒了个谎道："我并不要自杀或杀死什么人。我买这手枪去，不过是放在乡间的住宅中……吓退盗贼罢了……"

店伙微微一笑，很聪明地低垂着眼说道："你老买去做什么用，这是不干我们的事的。先生，要是每做一件买卖，都须查究人家的用处，那我们只索关店了。至于吓退盗贼的话，先生，赖福九牌子也是不合用的，因为放时只有一种低弱而沉浊的声响。我以为毛铁茂的牌子才对，这种牌子就叫作决斗手枪……"

薛甘甫心中一动暗暗想道："我可要挑动他和他决斗么？这未免太给他面子了……像他这样的畜生，该像杀狗般杀死他才是……"

那店伙很温文地摆动着身体，一双小小的脚往来移动，一面仍是含着笑，拿出一堆手枪来，陈列在面前。而最为触目最为动心的，仍还是那柄史密斯惠生牌子的手枪。薛甘甫捡取了一支，拿在手中，呆呆地望着，心中的思潮便又波动起来。他的幻想中，瞧到他怎样击破了他们的脑袋，那血像流水似的流将出来，流满在地毯上和木镶的地板上。那恶妇在最后感觉痛苦的当儿，两条腿怎样地抽搐着……但他那充满着怒火的灵魂中，还觉得不满足。这一幅流血哀号和恐怖的图画，还不能满足他的心。他定须想些儿更可怕的事情。

他想道："我知道了。我该杀死了自己，再杀死他，却故意让伊活着，饱受了良心上的刺激和伊四下里旁人的轻蔑，便得忧伤憔悴而死。可是像伊那么善感的天性，比了死更觉苦痛咧。"

他又幻想到自己殡殓的情景。他是一个被辱的丈夫，嘴唇上带着温和的微笑，躺在棺中。而伊脸色白白的，因悔悟而挨着痛苦，垂头丧气地跟随在棺后。那些愤愤不平的群众，把严厉和轻蔑的眼光齐注在伊的身上。伊竟不知道该躲到哪里去才是。

那店伙打断他的思绪道："先生我瞧你分明喜欢这史密斯惠生的牌子。你要是以为太贵的，那么我给你减去五卢布……但我们还有别的牌子，价钱可以便宜些。"

这短小精悍而法兰西化的店伙，仪态万方地转过身去，从木架上又取下一沓手枪来，说道："先生，这里的一柄，只需三十个卢布。这价钱不算贵，况且目前汇价大落，而关税却一点钟高似一点钟呢。先生，我敢赌得咒，我是守旧的，然而也不由得要鸣起不平来。为什么呢？可是因了汇价和关税的关系，只有富人可以买武器了。所留给穷人的，只有那种都拉手枪和磷头火柴了。而都拉手枪尤其是不堪一用，你倘取了一柄都拉手枪，瞄准着尊夫人，而机栝一扳，反击穿了你的肩胛骨。"

薛甘甫忽又觉得烦闷抑郁起来。心想他要是死了，可就不能瞧那恶妇挨受痛苦。复仇之所以甜蜜，全在乎自己能瞧见那所结的果，而尝其美味。要是直僵僵地躺在棺中，什么都不知道，那又有什么意思呢？

他想道："我不是这样做好么？我杀死了他，更去参与他殡殓之礼，悄悄地站在一旁看着。殡殓之后，我才自杀。然而在殡殓之前，他们就得拿下我来，取去了我的手枪……因此我杀死了他，仍使伊活着。暂时我也并不自杀，由他们捉将官里去。好在我随时可以自杀的，捉拿了去反于事实上很有利益。在初审的当儿，我便有机会将伊的丑行告知官长和社会群众。我倘自杀了，那么仗着伊的性情反复和寡廉鲜耻，把一切罪恶都推在我身上，于是社会中就得原谅伊的行为，反要笑我咧……我要是活着，如此……"

一分钟后，他又想道："是啊！我倘自杀了，便要招人疑怪，说我的器量太小……况且我又为什么自杀，这是一件事。另一件事，自杀是卑怯的。所以我杀死他后，就让她活着，我却到官中去受审。我受审时，伊也得带到法庭中来做一名见证……我可以料到伊被我律师盘问时，定然是神色慌张，受尽耻辱。所有法官舆论和社会的群众，当然是都表同情于我的。"

他正在这样想着，那店伙自管把他的货品逐一贡献出来，觉得招待这主雇，原是他的分内事。当下便又唠唠叨叨地说道："这里是英国的出品，是一种新牌子，还是刚才运到的。先生，但我要警告你，这些手枪一放在史密斯惠生旁边，可就黯然无色了。前一天——我敢说你曾在报纸上见过的——有一位军官从我们这里买了一支史密斯惠生去，击死他夫人的情夫——你可相信么——那弹子穿过了他的身体，更穿过了一盏铜灯，着在一架钢琴上。当下又从钢琴上跳回来，击死了一头小狗，擦伤了他的夫人。这真是一个伟大的记录，足以传布我们的荣誉的。那军官现在已拿住了，不用说他得定了罪名，送去执行终身惩役。第一层，我们的刑律已不合时宜了。第二层，先生，法堂上往往是表同情于那情夫的。为什么如此呢？先生，这事很为简单，因为那法官啊，陪审官啊，公家和私家的律师啊，都是和别人的妻子共同生活的。俄罗斯少一个丈夫，便使他们多享些安乐。所以政府中要是将国内所有的丈夫一起放逐到萨海林去，社会中可就大为快意咧。"

"呀，先生你不知道我眼瞧着近来道德的腐败，怎样地引起我愤怒来咧。爱上别人的妻子，如今已成了很普通的事，好似吸别人的纸烟，看别人的书本一样。我们的营业一年坏似一年，并不是为了一般做妻子的忠于丈夫，实在为了做丈夫的生怕那法律和终身惩役，所以都屈服下来，随随便便的完了。"

说到这里那店伙向四下里张望了一下，低声说道："先生，这是谁的不是？是政府的。"

薛甘甫心中想道："为了那猪猡份上，放逐到萨海林去——那也太没意思了。我要是去做终身惩役，恰恰给我妻子得一个再嫁的机会，可以再欺骗第二个丈夫。伊又占胜利了……所以我还是让伊活着，我不必自杀，也不必杀他……我一个都不杀了。我须得想些儿更有意思更有效果的事情出来。我不如将我的轻蔑之心去责罚他们。我可以进行离婚的手续，给大家知道这么一件丑事。"

那店伙又从木架上取下一打手枪来，说道："先生，这里又是一种出品，请你留意着那枪机的构造。"

薛甘甫见自己已立定了决心，这手枪已没有用了。但那店伙却益发热心起来，将店中所有的货物，都贡献在他面前了。他暗中很觉惭愧，想那店伙如此辛苦，却一无所得。他那么笑着，说着，殷勤招待着，全是白忙一场罢了。

他嗫嚅着道："算了，我往后再来……或是派人前来。"

他并没瞧见那店伙的面容，为了免除这尴尬的地位起见。他想总得买些东西去才是，但他买什么好呢？他向四面墙上瞧了一下，挑选那价钱便宜的东西。他的两眼陡地注在近门处一张绿色的网上。

他问道："这个……这是什么？"

"这是一张捉鹌鹑的网。"

"价钱是多少？"

"先生，八个卢布。"

"给我包将起来。"

这含怒的丈夫付了八个卢布，取了那网，觉得益发愤怒了。匆匆出店外而去。

（原载《紫罗兰》第 2 卷第 11 期，1927 年 6 月 14 日出版）

顽劣的孩子

柴霍甫　原著（俄）

弁言俄罗斯名作家柴霍甫氏（A.P.Tchehov），
以短篇小说名于时，与法之莫泊桑氏美之欧亨利氏
鼎足而三。其所作率讽刺人生，冷隽有味。而悲天
悯人之念，复时时流溢行间，读之令人凄然。去春
愚发宏愿，欲于二三年间搜集中西短篇说集千种，
成一个人之短篇小说小图书馆。因于募集欧美俱

备外，复邮购柴氏全集英译本于英京伦敦，得十三卷，都二百〇三篇。开卷读之，爱不忍释。兹摭其集中最短之作品如干篇，以忠实之笔，从事移译，将以一年之力，汇为一编。庄子云："以少少许，胜人多多许。"柴氏有焉，因颜之曰《少少许集》。共和十八年六月一日，瘦鹃识于紫罗兰盦。

伊文·伊凡枭·勒泊金，一个模样儿很愉快的青年，和一个生着小扁鼻子的少女安娜·薛郁瑠芙娜·柴白立志基，一同走下斜堤，坐在凳上。那凳接近水边，正在那浓绿的稚柳丛中。好一个洞天福地啊！你坐了下来，就躲藏过了世界。只有那鱼可以瞧见你，还有那轻风像电光般掠过水上。这男女两青年齐备着钓竿，鱼钩，皮袋，虫罐和一切需要的东西。他们一坐下来，便开始钓鱼了。

"我很快乐，我们俩终于独留在这里了。"勒泊金说着，向四下里瞧。"安娜，我有许多话要和你说——许多许多……我第一次瞧见你时……你有鱼儿咬着了……我就明白——我为什么生活着，我知道我的偶像在那里，我所能将我诚实而勤恳的一生奉献于伊的……这定是一尾大鱼……正在咬着……和我说，亲爱的，和我说——你可能使我希望么？不！我不配。我连想都不敢想——也许给我希望着……拉啊！"

安娜擎起那握着钓竿的手来——拉着，嚷将起来。一尾银绿色的鱼耀动在空气中。

"好啊！是一尾鲈鱼！来助我——快快！它溜走了。"那鲈鱼挣脱了钩子——跳在草中，仍然向它的来处去……便扑得跳到水中去了。

但他所追赶的并不是那尾小鱼，勒泊金却很意外地握住了安娜的手——更很意外地贴在嘴唇上。伊退后去，但是太迟了；他们俩的嘴唇很意外地相遇而相接了；是啊，这是完全出于意外的！他们接着又接着。于是又说了一番发誓和保证的话……真是幸福的时间！然而此生绝没有完全快乐这回事的。快乐的本质中倘不是含着毒，那毒也会从外面侵入。事情就在这当儿发生了。两人正在接吻时，蓦地里听得一声笑。他们瞧着河面呆住了。那小学生谷尔亚，安娜的弟弟，正站在水中，瞧着他们不住地恶笑。

"哈哈——哈！接吻！"他说着："很好，我去告知母亲。"

"我希望你——须像一个有体面的人一样。"勒泊金喃喃地说，涨红了脸。"窥探我们是可憎的，搬弄是非是可恶的，是最坏的。须像一个有体面的人……"

"给我一个先令，如此我闭着嘴不说。"那有体面的人回答着。"你要是不肯，我就得去说。"

勒泊金从他的衣袋中取了一个先令给谷尔亚，他握紧在那湿淋淋的拳头中，嘘嘘地吹着嘴唇，游泳开去。那时这一对情侣也不再接吻了。

第二天勒泊金从镇中带了些绘画的颜料和一个皮球来送与谷尔亚，他的姊姊也把伊所有的药丸空匣子都给了他了。接着他们又送与他一套像狗头一般的纽扣。那顽童对于这把戏很为得意，为延长下去起见，便时常地窥探他们。勒泊金和安娜到哪里，他也到哪里。他从不肯让他们俩厮守在一起。

"畜生！"勒泊金切齿暗骂。"这样小小年纪却已是一个十足的恶徒。以后正不知他还要怎样地作恶！"

在这七月全月中，那可怜的情侣竟老是离不了他。他恫吓着要报告他们的事；他纠缠着他们要求更多的礼物。没有什么东西可以使他满意——末后他便暗示要一只金时计了。很好，他们只得许下这时计来。

有一次，在桌子上，大家正在传递饼干吃的时候，他忽地笑出声来，对勒泊金说："可要我说出来吗? 哈——哈!"

勒泊金吓红了脸，不吃饼干而咬那食巾了。安娜跳起身来奔到室外去。

事情像这样地挨下去直到八月末，勒泊金终于向安娜求婚的一天。呀! 这是一个何等快乐的日子! 他既告知了伊的父母，得到了他们的允许，勒泊金便赶到园子里去找谷尔亚。既找到了他，几乎快乐得大叫起来，上去扭住那顽童的耳朵。安娜也正在寻觅谷尔亚，便跑上来扭住他另外的一只耳朵。你可以瞧见他们喜形于色，听那谷尔亚呼号着央求他们:

"亲爱的，宝贝，我再也不敢了。呀呀——呀呀! 请饶恕我!"后来他们俩曾老实说出来，在他们彼此恋爱的全时期间从没有经历过这般的快乐，像他们扭住那顽童耳朵时的那么快乐。

（原载《紫罗兰》第 4 卷第 1 期，1929 年 7 月 1 日）

在消夏别墅

柴霍甫　原著〔俄〕

"我爱你。你是我的生命，我的幸福——我的一切的一切！请恕我诉说出来，但我没有这能力挨了苦而不则一声。我并不要求你回报我的爱，只求你加以怜悯而已。今晚八时请到那老园亭中……信尾的署名我想可以无须，但你不要为了匿名而感到不安。我年轻而貌美……此外你还要什么啊？"

柏佛伊凡尼范霍德西夫，是一个确已娶了妻的人，他正在一所消夏别墅中度他的假期，读了这封信，耸着他的肩，很猜疑地搔他的头额。

　　"这是何等的邪恶啊？"他想，"我是一个娶了妻的人，却寄予我这么一封奇怪……而无意识的信！是谁写的啊？"

　　柏佛伊凡尼把那信在他的眼前翻来覆去，重又读了一遍，很厌恶地吐着唾涎。

　　"'我爱你'"……他嘲弄似的说，"伊倒拣定了一个好孩子！如此我就跑到亭子里来和你相会！……我的女孩子，这些言情说爱的事，我早在好多年前都干过的了！……哼！伊定是什么莽撞而不道德的东西……是啊，这些妇人是一类的！这是何等的荒唐——上帝恕吾们！——伊竟写这么一封信给一个陌生的人，并且是一个娶了妻的人！这真是不道德！"

　　在他八年的结婚生活中，柏佛伊凡尼已完全制服了情感，除了道贺的信件外，从没有接到过妇人们的信，因此，他虽想处之以轻蔑的态度，而那上面的一封信已大大地挑逗与激动他。

接信后的一点钟他躺在沙发上想着：

"我当然不是一个傻孩子，绝不会赶去作这种没意识的私会；但是倘能知道写信的是谁倒有趣得很！哼……这当然是一个妇人的手笔……这信确是出于真的情感，不见得是开玩笑……很像是什么神经质的女子，也许是一个寡妇……寡妇照例是轻浮而偏心的。哼……毕竟是谁啊？"

最是使他难以解决这问题的，就为了柏佛伊凡尼在那所有避暑的客人中，除了他的夫人没一个女子是熟识的。

"这很奇怪……"他想，"'我爱你'！……伊是什么时候会爱上我的？可怪的妇人！像这样地讲爱情，彼此毫不相关，又没有结成朋友而探明我是怎样的一个男子……伊定是很年轻而浪漫，才能瞧了我二三眼就爱上我了……但是……伊是谁啊？"

柏佛伊凡尼忽然记起前天与大前天在几座消夏别墅间散步，他曾有好几次遇见一个戴浅蓝色帽子而鼻子上翘的美女郎。这美人儿兀自向着他瞧，伊在凳上坐下时伊又坐在他的旁边……

"也许是伊么？"范霍德西夫诧异着，"这不会的！像那么一个温柔娇嫩的女孩子会爱上我这样一个衰颓的老鳝鱼么？不，这不会的！"

就餐时，柏佛伊凡尼茫茫然地瞧着他的夫人，一面他又想道：

"伊写这信足见伊是年轻而貌美的……如此伊并不老……哼……委实说，我也不见得怎样的老丑以致没有人肯爱上我。吾妻很爱我！况且爱是盲目的，吾们都知道……"

"你在想什么啊？"他的夫人问他。

"咦……我的头有些儿痛……"柏佛伊凡尼很不老诚地说。

他立下了决心，以为像这样注意于这么一封无意识的情书是愚蠢的，他便讥笑着这信和那写信的女人，但是——唉！——魔力是人类的仇敌！用过了餐，柏佛伊凡尼躺在他的床上，却并不入睡，只想着道：

"但是，我敢说伊正在盼望我前去！何等的傻啊！我能料想到伊一见我不在亭中，是何等的心身不安而又何等的抖颤啊！虽然，我不该去……可恼的伊！"

但是，我又要说：魔力是人类的仇敌。

"然而我也许是出于好奇……"半点钟后他又在想着，"我不妨前去远远地瞧伊是怎样一个人……瞧一瞧伊倒是很有趣的！这完全是开玩笑罢了！况且既有这么一个机会送上来，我为什么不小开玩笑呢？"

柏佛伊凡尼从他的床上起身，开始打扮。他的夫人见他穿上一件洁净的衬衫和一个时样的领结，便问道："你为什么打扮得这样漂亮啊？"

"咦，没有什么……我定须出去散步一下……我的头好痛……哼。"

柏佛伊凡尼穿上了他最好的衣服，等到八点钟，就出外去了。那些衣饰鲜华的避暑的男女在浓绿的背景中经过他的眼前，他的心突突地跳动了。

"是他们中间的哪一个？……"他诧异着，迟疑不决地走前去。"来，我害怕什么呢？我本来不去赴那私会！怎的……一个傻子！尽放胆前去！我入到亭中去便怎么样？然而，然而……我没有前去的理由。"

柏佛伊凡尼的心跳得更厉害了。……他不知不觉而并非出于本意的，忽地想象到那园亭的半暗之中……一个戴着蓝色帽子而鼻子上翘的美女郎已涌现在他的幻想之前。他瞧见伊，因伊的痴情而娇羞无那，周身发颤，怯生生地走近了他，很激动地呼吸着，而……猛可地把他拥抱在伊的臂间。

"倘我不曾结过婚那就好了……"他想着，将罪恶的观念搡出他的脑袋。

"虽然……我一辈子只有只一次，前去得一些经验是没有什么损害的，不然一个人死了也不知道……至于我的妻，于伊有什么相干？感谢上帝，八年来我从没有一步离开过伊……八年来毫无过失的尽着责任！熬得伊也够了……这委实是可恼……我不管伊怎样一定前去了！"

周身打战着而屏住了他的呼吸，柏佛伊凡尼走到那满络着常春藤和野葡萄的亭前，张望进去……一阵潮湿和发霉的气息直扑他的鼻观。

"我相信没有人在这里……"他想着，入到亭中，立时瞧见一个人影儿坐在一隅。

那人影是一个男子……仔细看时。柏佛伊凡尼辨认出是他的妻弟密德亚，他是一个学生，和他们同住在消夏别墅中。

"呀，是你……"他很不满意地咆哮着，脱了他的帽坐下去。

"是的，是我。"……密德亚回说。

两分钟在静默中过去了。

"柏佛伊凡尼，请恕我。"密德亚开口说，"但我可能求你让我一个人在此么？……我正在构想那考取学位的论文而……而有别的人在旁就足以妨碍我的思想。"

"你还是到别的什么幽暗的荫路中去……"柏佛伊凡尼很温和地说，"在露天思想比较的容易，况且……呃……我很想在这里的凳上小睡一会……这里倒不大热……"

"你要睡觉，但我却是为了论文的问题……"密德亚咕哝着，"论文是较为重要。"

又静默下去了。柏佛伊凡尼被幻想拘管着，时时听得脚步之声，蓦地里跳起身来，用一种悲哀的声音说道：

"来，我求你，密德亚！你年纪轻轻，应当替我着想……我身体不好……我需要安睡……快去吧！"

"这是利己主义……为什么你必须留在这里，而我却不能呢？我为了真理份上决计不去。"

"来，我求你去！也许我是一个利己派，一个专制的人，一个傻子……但我要求你去！我一辈子只此一次向你求一个情！请你体恤一下！"

密德亚摇他的头。

"是何等的一头畜生！……"柏佛伊凡尼想，"他在这里，吾们怎么还能私会！他在这里是不行的！"

"我说，密德亚。"他说："我求你最后一次了……请表明你是一个有意识、有人情而又文明的人！"

"我不知道你为什么如此固执！"……密德亚说着，耸他的肩，"我既说不去，那我一定不去，我为了真理份上定要留在这里……"

这当儿有一个鼻子上翘的妇人的脸向亭中张望了一下，瞧见了密德亚和柏佛伊凡尼便皱一皱眉，瞥然不见了。

"伊去了！"柏佛伊凡尼想着，含怒向密德亚瞧，"伊一瞧见这恶徒就逃了！一切都给弄糟了！"

又等了一会，立起身来，戴上了帽子说道：

"你是一头畜生，一头卑劣的畜生，和一个恶徒！

是啊！一头畜生！这是卑劣……和愚蠢！吾们二人间的一切关系都完了！"

"很喜欢听这些话！"密德亚喃喃地说，也立起来戴上了帽子。"我和你说。你在这里用这样的恶计和我开玩笑，我活在世上绝不宽恕你。"

柏佛伊凡尼走出了园亭，怒不可遏地，急步向他的别墅赶去。任是瞧了那桌子上预备的晚餐也不足以慰藉他。

"一辈子只有一次得到这样的机会。"他很激动地想着，"而平白地被人妨碍了！如今伊一定是着恼……苦痛！"

晚餐时柏佛伊凡尼和密德亚都把眼睛注在碟子上，怒气勃勃地静默着……他们俩直从心底里互相痛恨。

"你笑什么来？"柏佛伊凡尼抓住了他的夫人问着，"唯有无意识的傻子才会没来由的笑！"

他的夫人瞧着伊的丈夫含怒的脸，忍不住放出一阵子笑声来。

"今天早上你接到了什么信？"伊问。

"我么，我没有接到信……"柏佛伊凡尼被慌乱所制服了，"你在捏造……理想。"

"咦，来，对我们说！快承认，你是接到的！给你这信的恰就是我啊！老实说，确是我干的！呵呵！"

柏佛伊凡尼涨红了脸，俯倒在他的碟子上。他咕哝着道："没意识的开玩笑。"

"我该怎么办？请对我说……今晚吾们要擦洗地板，怎样可使你走出屋外去呢？没有别的法子可使你出去……但是不要生气，发傻……我不忍使你一个人在亭子里太觉寂寞，因此也送了一封同样的信给密德亚！密德亚，你可曾到过亭中去么？"

密德亚狞笑起来，不再怒视他的敌人了。

（原载《紫罗兰》第 4 卷第 3 期，1929 年 7 月 15 日出版）

人生的片段

柴霍甫　原著（俄）

一个衣食饱暖而面颊红润的少年名唤尼谷来伊立克裴尔亚夫，年三十二，他是彼得堡的一个房产主人和爱好赛马的人，一晚去瞧那乌尔珈伊凡瑠芙娜欧宁，他和伊正同居一起，用他自己的口气说，是在拖曳着表演一段冗长而可厌的浪漫史。真的，这浪漫史中最先的热烈而有趣的几页，早已看过；如今一页页地拖延下去，拖延下去，不见有什么新鲜或有趣味的材料了。

他见乌尔珈伊凡瑙芙娜不在家，便在客室中的卧椅上躺了下来，开始等候伊。

"晚安，尼谷来伊立克！"他听得一个孩子的声音，"母亲快要回来了，伊是和莎妮亚上成衣匠那里去的。"

乌尔珈伊凡瑙芙娜的儿子。亚尔育歇——一个八岁的孩子，模样儿很体面，抚养得很好，他装扮得像一幅画，穿一件黑天鹅绒的褂子和长筒黑丝袜——正躺在室中的沙发上。他是在一个锦垫上躺着，分明在模仿他近来在马戏场中所见的一个大力士，把两条腿轮流地伸向空中。他这两条美观的腿伸得疲乏了，他又玩弄着两臂，或是很激动地跳起来而将四肢爬行着，想倒立在地上，两脚脱空。这些事情他都极其严重地做去，一面很苦痛地喘息而呻吟，倒像抱恨上帝给予了他这样一个不安定的身体。

"咦，晚安，我的孩子。"裴尔亚夫说，"原来是你！我没有留心到你。你的母亲可安好么？"

亚尔育歇，将他的右手握住了一只左面的脚趾，跌下去做一个极不自然的姿势，翻过去，跳起来，从那又大又软的灯罩后面张望着裴尔亚夫。

"我该怎么说呢？"他说着，耸耸他的两肩。"其实母亲从来没有安好过。你瞧，伊是一个妇人，尼谷来伊立克，而妇人们总是花样很多的。"

裴尔亚夫没有什么事情可做，便开始察看亚尔育歇的脸，他和乌尔珈伊凡瑙芙娜结合了这些时光，先前却从没有注意到这个孩子，并且完全不当他存在；那孩子原是常在他的眼前，但他并没有想到他为什么在这里的，他是干什么来的。

在暮色昏黄中，亚尔育歇的脸，生着白白的额和乌黑而凝定的眼睛，不由得使裴尔亚夫记忆他们的浪漫史最初几页中的乌尔珈伊凡瑙芙娜来。他觉得自己很有和这孩子亲善的倾向了。

"虫儿，到这里来。"他说："让我仔细地瞧一瞧你。"

那孩子从沙发上跳下来，直跳到裴尔亚夫跟前。

"好。"尼谷来伊立克说着，把一只手放在那孩子瘦削的肩上。"你们怎样的好啊？"

"我该怎么说！我们一向是很好的。"

"怎的？"

"这很简单。莎妮亚和我向来只学习音乐与诵读，而如今他们却教我们学习法国诗了。你近来曾剃过面么？"

"剃过的。"

"是的，我瞧你剃过了。你的须子已短了些。让我抚摸一下。……可碰痛你么？"

"没有。"

"为什么你倘拉住一根头发要痛，但你倘在同时拉起一撮来却一些不痛呢？呵呵！你要知道，可惜你没有短髭。这里应当修剃……但是这里两旁的头发却应当留着。……"

那孩子攀住在裴尔亚夫的身上，又玩弄他的表链了。

"我上中学校去时。"他说："母亲就得买一只时表给我。我还要伊买给我像这样的一根表链。……什——么。一个小——盒子！父亲也有这么一个小盒子，不过你的上面有条纹，而他的上面是有字母的……他的中间有母亲照片。父亲现在又有另外一种表链了，不是用环子的，却像带子一样。……"

"你怎么知道的？你可是见过了你的父亲么？"

"我么？哦……不……我……"

亚尔育歇脸红了。在绝大的窘困中，觉得撒了一句谎，便将指甲儿很兴奋地抓着那时表上的小盒子。……裴尔亚夫凝视着他的脸问道：

"你可曾见过你的父亲么？"

"不——不！"

"来，老实说，顾全你的人格。……我从你的脸上瞧出你在撒谎。你既漏出了一句话来，便不必再支吾下去。快和我说，你瞧见他么？来，像一个朋友一样。"

亚尔育歇迟疑着。

"你不会告知母亲么？"他说。

"我不会的！"

"将你的人格作保么？"

"将我的人格作保。"

"你能发誓么？"

"咦，你这淘气的孩子！你当我是什么？"

亚尔育歇向他四下里瞧着，于是睁大了眼睛，低低地向他说：

"不过，为道德份上，不要告知母亲。……不要告知任何的人，因为这是一件秘密。我希望母亲不会发觉，不然，我们都要担当不起的——莎妮亚，和我，和贝拉琪。……好，你听着……莎妮亚和我每逢礼拜二和礼拜五都与父亲相见。在晚餐之前，贝拉琪带我们出去散步，我们就上亚佛尔餐馆去，父亲在那边等着我们……他往往坐在一间和别室隔离的室中，你要知道那边有一张云石桌子和一只没有背的鹅形的烟灰盘……"

"你们在那边干什么？"

"没有什么！我们先问了好，于是都围着桌子坐下，父亲请我们吃咖啡与面饼。你知道莎妮亚是爱吃肉饼的，但我却受不了这肉饼！喜欢菜和蛋所制的饼。我们吃得很多，回来用晚餐时，还得尽我们的能力硬吃下去，生怕引起母亲的注意。"

"你们谈讲些什么？"

"和父亲么？任何事情都讲讲。他和我们接吻，他拥抱我们，告知我们一切有趣的笑话。你可知道，他说等我们长大时，他得领我们去和他同住在一起。莎妮亚不愿意去，但我们已应允了。当然，要记挂着母亲；但那时我可写信给伊！这是一个奇怪的主意，但我们每逢假期可来探望伊的——我们可以么？父亲又说，他要买一匹马给我。他是一个非常和善的人！我不明白母亲为什么不请他来和我们同住，伊又为什么禁止我们去见他。你知道他是极爱母亲的。他常常地问我们伊怎么样，伊做些什么事。伊病时，他便像这样地搔着他的头，又……又不住地跑来跑去。他常常对我们说要服从伊、尊敬伊。听着。我们当真是很不幸么？"

"哼！……为什么？"

"这是父亲说的。'你们都是不幸的孩子。'他说。听他说得很奇怪的。'你们是不幸。'他说：'我也不幸，而母亲也不幸。你们必须祷告上帝。'他说：'为你们自己和母亲。'"

亚尔育歇将他的眼睛注在一头鸟的标本上，在那里沉思。

"如此……"裴尔亚夫咆哮着："如此你们是在这样的进行。你们设法在餐馆中相会。而母亲可是并不知道么？"

"不——不……伊怎么会知道呢？你要知贝拉琪无论如何不会告知伊的。前天他给我几个梨子。甜得像糖浆一样！我吃了两个。"

"哼！……好的，我说……你听着。父亲可曾讲起我什么话么！"

"讲起你么？我该怎么说？"

亚尔育歇很着急地瞧着裴尔亚夫的脸，耸动他的双肩。

"他并没有细讲。"

"且举个例子，他怎样说？"

"你不会着恼么？"

"以下有什么话？怎么，他可是侮辱我么？"

"他并不是侮辱你，但你知道他很恼你的。他说母亲的不幸因了你……而你是破坏母亲的。你知道他的为人甚是奇怪！我对他说你很和善，从没有骂过母亲；但他只是摇头。"

"如此他说我破坏伊么？"

"是的，尼谷来伊立克，你绝不可着恼。"

裴尔亚夫立起身来，静立了一会，便在客室中往来踱步。

　　"这很奇怪而……可笑！"他喃喃地说，耸着他的肩，含着讥讽似的笑，"他要完全负责，而却说我破坏伊么？我可要说，是一头无辜的羊。如此，他竟对你说我破坏你的母亲么？"

　　"是的，但是……你曾说不会着恼地，你自己知道。"

　　"我并不着恼，而……而这也不干你的事。怎的，这是……怎的，这委实可笑！我被牵在中间，直好似一头鸡被投在肉汤中，如今却似乎都归罪于我了！"

　　一声铃响听得了。那孩子跳起来跑了出去。一分钟后，一个妇人带着一个小女孩入到室中；这便是乌尔珈伊凡瑠芙娜，亚尔育歇的母亲。亚尔育歇跟随伊们进来，跳着舞着，高声哼着而挥着他的手。裴尔亚夫点点头，又往来不息的踱步了。

　　"当然，这不是我的罪过又是谁的呢？"他喃喃地说，做出一种发鼻息的声音。"他是不错的！他是一个被损害的丈夫。"

"你在那里说什么？"乌尔珈伊凡瑙芙娜问。

"什么话么？你只听你那位合法的丈夫如今在外面宣传些什么故事！倒好像我是一个奸人和一个恶徒，我曾破坏了你和你的子女。你们都是不幸，而我是唯一的有幸者！异常，异常的有幸！"

"我不明白，尼谷来。什么一回事？"

"怎的，听听这位绅士的话！"裴尔亚夫说着，指指亚尔育歇。亚尔育歇脸色涨得通红，一会儿泛了白，他面庞的全部都在酝酿出恐怖来。

"尼谷来伊立克"，他做出一种半高的低声，"嘘！嘘！"

乌尔珈伊凡瑙芙娜很惊异瞧着亚尔育歇，又瞧瞧裴尔亚夫，接着又对亚尔育歇瞧。

"只问他。"裴尔亚夫继续地说："你的贝拉琪，像一个呆子般，带他们在餐馆中乱跑，设法和他们的父亲相会。这还不是重要之点，那重要的一点是，他们那位亲爱的爸爸是一个牺牲者，而我是一个恶徒来破坏你们的一生的。……"

"尼谷来伊立克。"亚尔育歇呻吟着："怎么，你是答应我以人格作保的！"

"呀，滚开去！"裴尔亚夫说，挥他走开。"这是比人格的话更为重要。这是诈伪和撒谎在那里背叛我了！……"

"我不明白这个。"乌尔珈伊凡瑙芙娜说，眼泪在眼眶中闪动，"你和我说，亚尔育歇。"伊转身向伊的儿子，"你可是见过你的父亲么？"

亚尔育歇并不听得伊说，他正很恐怖地望着裴尔亚夫。

"这不行。"他的母亲说："我得去盘问贝拉琪。"

乌尔珈伊凡瑙芙娜走出去了。

"我说，你曾答应我以人格作保的！"亚尔育歇说着，周身都颤动起来。

裴尔亚夫挥一挥手打发他出去，仍继续的往来踱着。他沉浸在自己的苦闷中，已忘了那孩子在旁，像他在平时一样。他，一个老成而严肃的人，对孩子们也从不假借。那时亚尔育歇坐在一隅，很恐怖的向莎妮亚诉说他怎样的受了骗。他抖颤，嗳嚅，而哭泣。他生平第一次像这样粗率的和诈伪相接触；他一向不知道世界中除了甜的梨子、面饼，和名贵的时表外，还有好多的事情不是孩子们的语言所能表明的。

（原载《紫罗兰》第 4 卷第 11 期，1929 年 12 月 1 日出版）

安玉姐

柴霍甫　原著（俄）

在那大公寓里一间租金最廉的室中，史蒂本葛洛吉可夫，一个第三年的医学生，正在往来踱步，很用心地温习他的解剖学。他的嘴是干燥而他的额上流着汗，为了不住地用力地牢记在心头之故。

在那罩着霜花的窗子内，那和伊同居的女郎正坐在一只矮凳上——安玉姐，一个二十五岁的纤瘦的棕发女郎，颜色很惨白，生着一双温和的灰色眼睛。伊曲着背坐在那里，忙着用红色的线在织一件男子的衬衣的领圈。伊工作不得其时……那甬道中的钟疲倦似的打了两下，然而这小房中还没有整理好。被儿皱皱的，枕儿四下里乱抛，书啊，衣服啊，一只肮脏的大水桶中满布着肥皂的泡沫。纸烟头浮泳在上面，而地板上也垃圾散乱——都似乎有意地乱堆在一起。……

"那右肺包括三个部分……"葛洛吉可夫在背诵着，"区域：上部在胸腔的前壁，达到第四或第五根肋骨，在那横面，第四根肋骨……在脊部肩部之后……"

葛洛吉可夫抬起他的眼来向着天花板，似乎要看出他们读的是什么。可是他不能构成一幅明晰的图画，就隔着半臂抚摸他的上部的肋骨。

"这些肋骨像一架钢琴的键。"他说："一个人必须自己熟悉，以免混乱不清。一个人必须在骸骨上和活人的身体上研究一下。……我说，安玉姐，让我一一指点出来。"

安玉姐放下了伊的绣件，脱去了伊那宽大的外衣，将伊的身体挺直起来。葛洛吉可夫坐下来面对着伊，皱着眉，开始数伊的肋骨。

"哼！……一个人抚摸不出第一根肋骨；这是在肩胛骨后面的。……这一定是第二根肋骨。……是的……这是第三根……这是第四根。……哼！……是的。……你为什么颤动啊？"

"你的手指很冷！"

"来，来……这不会冷死你的。不要扭动。这一定是第三根肋骨，于是……这是第四根了。……你是这样一个瘦瘦的东西。然而竟摸大不出你的肋骨。这是第二根……这是第三根。……呀，这弄乱了，使人瞧不清楚。……我必须画将出来。……我的铅笔在哪里？"

葛洛吉可夫取了他的铅笔，在安玉姐的胸上画了几条与肋骨并行的线。

"好极了。这都是直直的。……好，此刻我可听你的声音了。立起来！"

安玉姐立起来抬高了伊的下颔。葛洛吉可夫弹着伊的胸部。他专心致志的并不注意到安玉姐的嘴唇、鼻子和手指都冷得变作蓝色了。安玉姐抖颤着，却又生怕引起那医学生的注意，就得停住了画伊和弹伊了，于是，他的考试也许要失败。

"如今一切都明白了。"葛洛吉可夫弹罢了说："你就这样坐着，不要擦去铅笔线，同时我还须多研究一番咧。"

那医学生往来踱步，默默地背诵。安玉姐，胸前画着黑线条，瞧去倒像文了身似的，坐在那里思索，缩紧着兀自冷得打战。伊照例是说话很少的；伊常常默默地，尽自思索着思索着……

六七年来，伊从这一间房流转到另一间房，曾结识了五个像葛洛吉可夫一般的学生。如今他们都已毕了业，到世界中去，自然，像有身份的人一样，早就忘却伊了。内中有一个住在巴黎，两个是医生，第四个是美术家，第五个据说已在做大学教授了。葛洛吉可夫是第六个。……不久他也得毕了业到世界中去。不用说，他的前途很有希望，葛洛吉可夫也许会成一个大人物，但是现在却窘困得很：葛洛吉可夫既没有烟又没有茶。只剩了四块糖了。伊须得急急地赶完了伊的绣件，交与那位定件的妇人，得了一卢布的四分之一，伊就可去买茶与烟了。

"我能进来么？"门口有一个声音在问。

安玉姐急忙披了一条羊毛肩巾在肩上。那画师佛狄索夫已走了进来。

"我来求你帮一下忙。"他向葛洛吉可夫说，两眼在他长长的眉毛下像一头野兽般睨视着。"帮我一下忙，将你这位姑娘借与我两点钟！可是我正在画一幅画，没有一个模特儿是不行的。"

"咦，当然使得。"葛洛吉可夫说："快去，安玉姐。"

"我这里还有事情。"安玉姐轻轻地说。

"别慌！此人的要求你是为了艺术份上，并不是为了要干什么没意识的事。你些够帮他的忙，为什么不帮忙呢？"

安玉姐穿起衣服来。

"你在画什么啊？"葛洛吉可夫问。

"灵魂女神；这是一个很好的画题。但是总画不成。我曾用过好几个模特儿供我摹写。昨天我画的是一个蓝腿子的。'你的腿为什么是蓝色的啊？'我问伊。'这是我的袜子沾染成的，'伊说。你还在孜孜的研究！幸运儿！你真有忍耐性。"

"医学上的事情不研究是不行的。"

"哼！……请恕我，葛洛吉可夫，但你像一头猪般过着活！你的生活太难了！"

"你以为怎样？我是无可如何。……每月我只得到父亲十二个卢布，自难以过适宜的生活了。"

"是的……是的……"那画师说，皱着眉做出憎厌的神情，"但你仍该好一些过活。……一个有学问的人是有提倡美化的责任的，可不是么？而看你这里还成什么样子！床铺没有整理，秽水，垃圾……昨天的残羹还在碟子里。……呫！"

"这是实在的。"那医学生很羞愧地说："但是今天安玉姐没有工夫从事收拾；伊一径的忙着。"

安玉姐和那画师出去后；葛洛吉可夫便靠在沙发上研究着，躺了下去；于是他偶然的睡熟了，一点钟后才醒回来，双拳撑着头闷闷地思索着。他回想那画师的话，说一个有学问的人是有提倡美化的责任的，而他的环境此刻确使他感到可厌可憎。他心中的眼睛似乎瞧见他自己的将来，见他的病人在他的诊察室内，又和他的夫人同在一间大餐室中用茶，伊是一位真有身份的太太。而如今那只有纸烟头儿浮泳着的肮脏的水桶，确使他看了异常的可憎。安玉姐也在他的幻想跟前涌现出来——一个平凡，猥琐而怪可怜的人儿……他便立下了决心，无论如何立时就要和伊分离。

伊从画师那里回来，脱去了伊的外衣，他站起身来很严重的对伊说："你留心……我的好女孩子，坐下来听着。我们必须分离了。事实上我不愿意再和你同居一起。"

安玉姐从画师处回来已疲乏极了。伊做模特儿立得很久，使伊的脸更见得瘦削而憔悴，伊的下颌也似乎益发尖锐了。伊并不回答那医学生的话，不过伊的嘴唇已颤动起来。

"你原也知道我们多早晚总是要分离的。"那医学生说："你是个善良的女孩子，而不是一个呆子；你总得明白……"

安玉姐又穿上了外衣，悄悄地将绣件裹在纸中，又把伊的针与线收拾起来，伊发现了窗间那个螺旋形的纸包中的四块糖，便放在桌子上书籍旁边。

"这是……你的糖……"伊低低地说，转过身去掩藏伊的眼泪。

"你为什么哭啊？"葛洛吉可夫问。

他很窘困地在室中往来走动，又说：

"你当真是一个奇怪的女孩子。……可是你知道我们终于要分离的。我们不能永永的厮守在一起啊。"

伊聚拢了伊所有的一切东西，回过身来向他道别，他为了伊很觉凄然。

"我可能给伊在这里再住一礼拜么？"他想，"伊委实还是留下来，我得在一礼拜中叫伊去。"他一面恼着自己的懦弱，便很粗暴地向伊嚷道：

"来。你为什么老是站在那里？你倘要去，那么就去；你倘不要去的，那就脱去了外衣留下来！你可以留下！"

安玉姐脱去了外衣，默默地，悄悄地，哼去了伊的鼻涕，叹息着，悄没声儿地仍回到窗畔矮凳伊的原位上去。

那医学生取了他的教科书，又在四下里往来踱着："那右肺包括三个部分。"他背诵着，"那上部在胸腔的前壁，达到第四或第五根肋骨……"

在那甬道中有人提高了声音嚷着：“葛利高来！茶缸！”

（原载《紫罗兰》第 4 卷第 18 期，1930 年 3 月 15 日）

安玉姐　　　　　177

画师的秘密

许丽南女士 著（英）

按：不慧曩为中华书局辑译欧美名家短篇小说丛刊，所采达十四国，得五十篇。读者善之，且得教育部褒奖，覆瓿之作，荷此荣宠，殊自惭也。前岁邮购世界短篇小说杰作集二十卷于英伦，采辑之广，殆十倍于吾丛刊。夜中偷得余暇，辄篝灯读之，并选其短峭有思致者如干篇，从事移译，汇为一编。盖犹掇拾明珠无数，而乙乙穿之也，因名之曰《穿珠集》。

许丽南女士（Olive Schreinor），英人，以一千八百六十二年生于南非洲，所著短篇小说一帙，多含哲理，以此得名。

昔时有一位画师，他画了一幅画，旁的画师们都有更富丽更难得的颜色，也画得更名贵的图画，而他单用一种颜色画着，上面却有一重奇怪的光彩。一般人来来往往，说道："我们喜欢这图画，我们喜欢这光彩。"

旁的画师来说道："他哪里得来的颜色啊？"他们问他，他只是微笑着答道："我不能告知你们。"当下他仍低下头去工作。

有的人上远东去，买了贵重的颜料来，调成了很好的色彩画去，然而过了些时，那画上的色彩褪了。

有的人读了古书，制成一种富丽而难得的颜色，但是画在画上，却是死的。

那画师继续地画去，他的画红上加红，他却变得白而又白了。末后有一天他们瞧见他已死在那画的前面，他们舁了他起来，预备想安葬。旁的一行人在他所有的壶儿里瓶儿里搜寻着，叵耐竟搜不出什么来。

他们脱去了他的衣服，待要给他穿上尸衣时，却发现他的左胸上面有一个伤口，是一个极老的老伤口。伤口的四边，又老又坚硬，大约是一辈子有着的。但那死神却把他伤口的边合了拢来，封起来了。

他们将他安葬了，人家还在说道："他哪里得来的颜色啊？"过了些时，大家已忘了那画师了，但他的画仍还活着。

（原载《良友》第 5 期，1926 年 6 月 15 日出版）

末　叶

欧亨利　原著（美）

　　欧亨利（O.Henry）是美国有名的短篇小说家。他的真姓名叫作威廉西德南包德（William Sidney Porter），一八六七年生在北加罗令那州的格林士卜洛城。童子时，往戴克萨斯州，在一个畜牧场上做了几年工。后来漂泊到霍斯顿城中，投入一家报馆做事。一年后他在奥斯丁城买了一种报，开办起来，自己做文章，自己作画，可辛勤极了。不上几时，却遭了失败，便又漂泊到中美洲。他在那里穷极无聊，混不过去，只索回到戴克萨斯州，在一家药店中服务两礼拜，便移到纽奥连司州。到这时，他才做小说过活，有《四百万》《城中之声》《白菜与国王》种种短篇的杰作。合计前后著作，共有二百多篇，如今都有名了。欧美文家，都赞美他，称他是"美国的毛柏霜"。他死时，去今不过十年左右，还在壮年时代，美国人至今很悼惜他呢。这一篇原名 *The Last Leaf* 看他写情造意，是何等的好手笔。

在华盛顿广场西面一个小区域中，那街道并乱分裂了，变成了一条条的小地方叫作"场所"。这些"场所"都有很奇怪的角和曲线。一条街，或者和两条街叉在一起了。有一回，有一个画师在这街中发现了个机巧的意思。要是那收画漆账和画纸、画布账的人来时，自己恰没有一个铜币付账，那收账的走了这错乱的街路，可要折回去咧。

因此上这奇古的谷林佛村中，倒来了好多美术界人物，满地寻那向北有窗十八世纪三角式屋顶和租金低廉的荷兰小楼。于是他们从第六街中搬了些白铁水杯和一二只暖炉子来，做成了一片"领土"。

　　在一宅矮小的三层砖屋顶楼上，莎依和琼珊在那里辟着画室。琼珊是琼娜熟称的名字。一个从曼恩州到来；一个从嘉利福宜州到来。她们在第八街"苔马泥各旅馆"会食桌上彼此遇见，觉得伊们在美术上的意味，和吃东西的口味，都很相像，才有这合辟画室的一回事。

　　那时是在五月。到了十一月中，来了一位冷酷和无形的生客，医生们叫作肺炎症，他老人家在这领土中大踏步往来，把他冰冷的指儿撩撩这里，拨拨那里。这暴客在东部更是肆无忌惮，葬送了好几十个人，他的脚步就慢慢地踏到这腾着薄雾长着青苔的狭小场所来了。

　　肺炎症先生并非常人所说有义气的老侠士。这一个血儿早被嘉利福宜州西风吹薄了的小小女子，怎能禁得起那个老猾贼的作弄。琼珊就遭了他的毒手了；伊躺在一脚漆过的铁床上，不大动弹，从那荷兰小窗中望着隔壁砖屋的空墙。

一天早上，那个赶忙的医生蹙着一道灰褐色浓眉，把莎依请到客堂中，说道："伊十个机会中单有一个机会。"说时，把他那个临床寒暑表中的水银摇动了下去。"这个机会就是给伊活命的。这样的病已把好多人一堆堆地送到葬殓匠手中去，简直使医药完全没用了。你们那位小姐自己也早已决定不能病愈。伊心上可有什么心事么？"

　　莎依道："伊——伊将来要画一幅南伯尔斯海湾的图。"

　　医生道："画图么？——算不得什么！伊心上可有什么事比这画有两倍的价值？譬如说，一个男子——有没有？"

　　莎依道："一个男子么？"伊声音中忽像吹口琴般铿的一响。"一个男子可是值——然而，达克透[①]，并没有这种事。"

　　医生道："如此，全为的虚弱了。我倘利用着科学方法尽我的力治去，或能得救。但是伊倘已在那里计算伊

————————
　　① 即"医生"。

葬礼中的车辆，我可就把那药剂中的疗治力减去一半，横竖一样没了希望。要是你能使伊问一句冬服袖口的新式样如何，如此我敢许你五停中伊有一停的生机，不是十停中有一停了。"

医生去后，莎依便入到琼珊卧房中，带着伊的画板，轻轻地唱着一支小曲儿。

琼珊躺着，在被下一动都不动，把脸儿向着窗。莎依急忙停了唱，心想伊多份睡熟了。

伊架好了画板，就开始画一幅铅笔墨水画，是做一篇杂志小说中插图用的。大凡少年画师往往给杂志中的小说画插图，做一条接近美术的路径，这些杂志小说，也就是少年著作家借着做那接近文学的路径。

莎依正画着一条很美丽的马戏场骑马袴，和一个伊达诃州牧牛人，眼上架着一个单眼镜，这牧牛人就是那篇小说中的英雄，画时，伊听得个低低的声音，又覆了几回。伊便急急地赶到床边去。

琼珊的两眼张得很大。伊正望在窗外数着——倒数回来。

伊数着道"十二"，一会儿又数"十一"；接着便是

"十""九"；又数"八"和"七"，几乎全都倒数回去。

莎依很担忧地向窗外望去。伊在那里数什么？所瞧见的不过是一片荒凉的空场和二十尺外那宅砖屋的空墙。一带陈年的常春藤，根上已枯烂了，爬了一半的路到那砖墙上。那秋天的冷气已把叶子从藤上摧落了，只剩着半空的枯枝，还攀住那墙上破碎的砖块。

莎依问道："亲爱的，是什么？"

"六。"琼珊说着，直是一种极细的声音。"他们此刻已落得快了。三天以前还约莫有一百片，点数时使我头痛，但是如今可就容易得多。那边又落去了一片，只剩下五片咧。"

"亲爱的，五片是什么。快告诉你的莎依。"

"是叶子。在那常春藤上。到得末一片叶子落时，我定也去了。这个我已知道了三天。那医生可曾和你说么？"

莎依很轻蔑似的说道："咦，我从没听得过这种没意识的话。那老常春藤的叶子和你的病有什么相干？你这顽皮的女孩子，总是爱着那藤儿。你可不要做呆鹅了。今晨医生还和我说，你的病有很多复原的机会——让我想他的话是怎样说的——他说你十停中有九停有望！这种快意，直好似我们在纽约坐街头汽车，或是走过一宅新造的屋子。此刻你且喝些肉汤，让莎娣（自称）自去画画，如此伊（自称）能去卖给那主笔先生，买了葡萄酒给伊的病孩子喝，更买了猪肉块给伊贪嘴的自己吃。"

琼珊把两眼注在窗外，说道："你不须再多买酒了。那边又落掉了一片叶子。我也不要再喝肉汤。那叶子恰恰还有四片。不等天黑，我可能瞧见末一片叶子落下来。如此我也就去咧。"

莎依弯下身去向着伊，说道："琼珊，亲爱的，你可能许我把两眼闭了，不再向窗外看，等我做完了工事么？明天我定须把这些画交进去。我只为要那亮光，不然，早把那窗帘拽下来了。"

琼珊冷冷地问道："你难道不能到隔房去画么？"

莎依道："我要守候在你的旁边。并且我也不愿意使你呆呆地瞧着那些常春藤叶子。"

"你画完了画就告知我一声。"琼珊说时，把伊的眼闭了，悄悄地躺着，睡衣雪白，瞧去倒像一个跌倒的石像，又道："因为我要瞧那末一片叶子落下去。我已等得倦了。我也想念得倦了。我预备把百事一起放手，慢慢儿地下去，下去，也像那困倦可怜的叶子一样。"

莎依道："你且好好入睡，我须要去唤那培尔曼上楼来。做我画中那个退隐老矿工的模型。我下去不到一分钟，就须上来。你别动，等我走回来。"

那老培尔曼是一个画师，住在伊们楼下的屋中。他已过了六十岁，有一部古画家密希儿安琪洛画稿中的穆西司式的胡须。从一个半人半羊神的头上卷下去，沿着一个妖怪的身体飘开来。培尔曼是美术中的失败人物。四十年来握着画笔，却总不能走近去接触他情妇（指美术）的衣边。他常要画一幅杰出的大手笔，但他总没有开始画去。这几年间，他简直不曾画什么，不过在商业中的货品上或是广告上涂抹几笔。他又给那领土中的少年画师们做模型，借此赚一些钱。他喝着很多的杜松子酒，仍说要画一幅杰作。此外他又是一个暴烈的小老头儿，很嘲笑人家的温柔和气，他又把自己当作一头特别的猛狗，保护那上边画阁中两个小画师的。

莎依见培尔曼在下边暗暗的小房中，腾满着那股极浓的杜松子酒气。一面壁角里有一个画架，张着一张空白的画布，二十五年来等在那里，等他画那杰作的第一笔。当下伊把琼珊的幻想和他说了，又说伊怎样的害怕，怕琼珊正像一片叶子般脆弱，到得伊攀住世界的一些子微力软极时，可就随着叶子一同飘去了。

老培尔曼的一双红眼中流着泪，对了这样痴呆的幻想很轻蔑和发狂似的喊骂着。

他嚷道："可是！世界中竟有人如此痴呆，为了那万恶的藤上落着叶子，就要死么？我从没听得过这么一回事。不，我可不愿再做你那画中傻隐士的模型了。你为什么使这种痴想钻进伊的脑袋？唉，那可怜的小密司琼珊。"

莎依道："伊病得很弱了，那一场热病直使伊心上也害了病，充满了奇怪的幻想。很好，培尔曼先生，你倘不愿意给我做模型，也就不必勉强。但我以为你实是一个可恶的老——老厌物。"

培尔曼呼道："你恰像是个妇人！谁说我不愿意做模型呢？上楼去。我同你一块儿去。半点钟来我早说预备给你做模型了。呀！这里可不是给密司琼珊卧病的一个好场所。有一天我可要画成一幅杰作，如此我们便能一起离开这里咧。呀！是的。"

他们上楼去时，琼珊正入睡了。莎侬把窗帘拽到了窗槛上，做着手势唤培尔曼到隔室中去。到了那边，他们很害怕的向窗外常春藤瞧着。接着他们又悄悄地相觑了半晌。一阵长头的冷雨簌簌地落下来，还夹着雪。培尔曼穿着蓝色旧衫子，做那退隐矿工的模型，坐在一只翻转的锅子上，当作山石。

第二天早上，莎侬睡了一点钟就醒回来，伊见琼珊正张大了那双呆呆的眼睛，望那遮蔽着的绿窗帘。

伊低声发令道："快扯起来，我要瞧。"

莎侬很疲倦的依从了。

但是抬眼一瞧，却见那耐过长夜的急雨暴风中，仍有一片常春藤的叶子凸出在砖墙上。这是藤上末一片叶子。近梗的所在仍带着深碧色，不过那锯齿形的边上做着枯烂的黄色，很勇敢似的在离地二十尺一条藤子上挂着。

琼珊道："这是末一片叶子。我心想夜中一定要落去的。我曾听得风声。这叶子今天定要落去，我可也在同时死了。"

莎依把伊憔悴的面庞靠在枕上，说道："亲爱的，亲爱的！你就不给自己着想，也得为了我想想。我可怎么处？"

但是琼珊并不回答。全世界中最寂寞的事，是在一个灵魂儿预备上那神秘远路的时候，幻想拘束着伊，似乎分外有力，那许多把伊和友谊和尘世缚住的结儿，却一个个放松了。

一天渐渐过去，在黄昏的光线中，伊们仍能见那孤单的常春藤叶子攀住着墙上的藤梗。末后已入夜了，北风又刮起来，那雨仍打在窗上，从那荷兰式矮檐上飞溅下来。

到日光又上时，这无情的琼珊又发下命令，要把那窗帘扯将起来。

那常春藤叶子仍在那边。

琼珊躺着瞧了好久。于是伊才唤莎依，莎依正搅那汽炉上煮着的鸡汁。

琼珊说道："莎娣，我是一个不好的女孩子。怕有什么神力使那末一片叶子留着，表示我怎样的狠恶。一个人盼望着死也是一重罪案。如今你不妨给我一些鸡汁，加些牛奶和葡萄酒在里头，咦——别忙，且把一柄手镜先授给我，再在身边垫几个枕儿，我要坐起来瞧你烹调。"

一点钟后伊又说道："莎依，我很望将来有一天画那幅南伯尔斯海湾的图。"

那医生在午后到来，他去时，莎依说了句推托的话，急忙赶到客堂中。

医生握住了莎依那只打战的瘦手，说道："还有病愈的机会。你倘好好看护伊，定能得手。如今我须得下楼去诊视另外一个病人。培尔曼，是他的名字——我料他也是一个美术家。害的病也是肺炎。他是一个年老软弱的人，来势又很凶猛。他委实已没有什么希望。只是今天须进医院去，使他舒服一些。"

第二天医生向莎依道："伊出了险了，你已占得胜利，如今但须调养和着意——那就好了。"

这天午后莎依走近琼珊躺着的床，很满意的缝着一个深蓝色没用的羊毛肩巾，把一条臂挽着琼珊和那几个枕儿。

伊说道："白鼠子（戏称琼珊），我有话和你说。培尔曼先生为了肺炎病今天在医院中死了。他不过病了两天。第一天早上那看门的见他在楼下的房中，正痛得厉害。他的鞋子和衣服都已湿透，又像冰一般冷。他们也不知道他这一个可怕的雨夜中，到底往哪里去的。后来他们寻见一盏灯，依旧点着火，一乘梯子已从原处拽了开去。又瞧见几枝散着的画笔，一块调色的板上调和着绿的黄的两种颜色，——亲爱的，你更向窗外瞧去，瞧那墙上末一片的常春藤叶子。不见外边风虽刮着，那叶子却一动都不动，你瞧了可觉得奇怪么？唉，亲爱的，这便是培尔曼的杰作——他在那叶落的夜中画成的。"

（原载《礼拜六》第 102 期，1921 年 3 月 26 日出版）

末　叶

畸　人

伏兰　原著〔法〕

　　亚勃利尔伏兰氏（Gabruel Volland）是法兰西
小说界的"后起之秀"。巴黎新闻纸和杂志中，常
有他的短篇小说。他最擅长的，就是描写人生的痛
苦。他那一支笔，真是蘸着墨水和眼泪一起写的。
这一篇《畸人》，笔意文情，都很像毛柏霜（Guy de
Maupassant）。十年以后，怕不是第二个毛柏霜么？

如今我就借着这说海新潮一栏，先介绍他和我们中国的新文学界相见。

达士孟先生已到了五十五岁，才娶一个很年轻的妇人。那妇人的娇媚，忽在他眼中霍的亮了起来。他苦心研究学问已二十五年，也觉得有些厌倦咧。他老人家一向在书房的尘埃中过生活。恰有人把玛丽（那妇人的名字）荐了来，做他的誊写人。他幽闭半世，到此似乎见了一道阳光。那女的很穷苦，他却有几个钱。于是把这一副美貌，来调换他的姓和财产。不过他的欲望小，那女的贪念大。

既结了婚，那女的费用分外大。但他正迷恋着，怕夫人不快，不敢反对。他的财产，也就缩小起来。不上几时，他夫人连结婚时立下的誓也忘了，自去享受她不正当的自由。可怜达士孟先生就渐渐儿老了。他本是个爱名誉、爱体面的人，只是软弱些。暗暗挨着苦痛，不给人家知道。

末后他瞧自己快要破产了。自从结婚以后，便第一回醒悟过来。他决意守住那最后留着的一些子进款，不再浪用。好在他在乡下还有一宅旧屋子，又阴森，又冷静，藏在一所园子后面，由一个老园丁给他看管。到此他便同着夫人住了进去，就把那老园丁充了下人。玛丽原不赞成，死命反对。达士孟先生却也打定主意，一动都不动。可是目前受这打击，全为了夫人奢华无度，才弄到这个样子。心中一恨，倒把勇气提了起来。以前失去的主权，倒恢复了。不容他夫人做主，竟一同住到乡下去。但他夫人既没了服侍的女侍，又没了那些捧她、爱慕她的少年郎。这两重难堪的事，逼得她分外动怒，眼中便霍霍地发出凶焰来。

　　他们过这新生活，约有一礼拜光景。一天晚上，两下忽在卧房中起了争论，闹得很厉害。那园丁住的小屋子虽相去不很近，两耳也不大清明，然而还听得他们吵闹的声音。在这春天的夜中，就起了这两种不和之声。那丈夫的声气很生硬，那婆子的声气很尖锐。闹了一会，却陡地静了。很诧异的，一丝声息都没有。

　　天明后，那园丁心中很不自在，在园子里一条小径上走着。达士孟先生忽从窗中探出身来，唤住他。园丁便把脚上穿着的大木靴脱了，搁在门口，急忙入到屋中。把园中那股泥香和玫瑰花香带了进去。这香气又像是夏天大雨后花园中的清香，顿时充满了四周。但那里边室中。更有一阵浓香，透将出来。这分明是那位年少貌美的夫人身上的衣香。只那园丁向四面瞧时，却不见夫人的影儿。

那时达士孟先生一个人在室中，立在一只挺大的箱子旁边。这箱中本是装书的，此刻盖儿开着，里边散着好多美丽可爱的女人用品。轻纱咧、麻布咧、花边咧，什么都有。达士孟先生面色灰白，把两眼避着这箱儿不看，只把手指着。那手像羊皮纸一般干枯，似乎瑟瑟地在那里发抖。当下便说道：

"你去把它锁好了，然后！"

"然后怎样？"园丁问。

"今天晚上，我们俩把这箱子带到园子尽头处。在那边掘一个窟窿，又宽又深，接着就放下箱子去。你可明白么？"

"明白，明白。"园丁嗫嚅着答应，一面早已吓得抖个不住。

"往后你把地上铺平了，在那边种几株玫瑰花。到秋天便有死的枯叶，到冬天便有雪了。如此什么事都没有唎。"

"玫瑰花——死的枯叶——雪——"园丁呆呆地学着他说。他想起了要做这件事，身上已出了一身冷汗。他又想起昨夜的那回事。先闹得很厉害，猛可里却没了声音。他这样想去，觉得内中含着很可怕的意思。他原知道主人结婚后的生活，很不快乐。但他此刻生怕失掉位置，又不大信托警察，因此也不说什么，到了晚上，就助着主人把那可怪的箱子埋了。不上几时，玫瑰开出花来。到十月中放着血红的花瓣，又散满了一地的死叶子。

达士孟先生从不曾到那边去。脸色更见得惨白，身体也弯下去，比了个一百岁的人似乎更老了。他眼光时常不定，仿佛在那里追一个影子。每天夜中，那园丁常从梦魇中吓醒，喘息着，跳下床来。他自信有一个鬼，流着血，呻吟着，在园子里往来走动。他脑中还嵌着那夜吵闹的情景，便推想到杀死人的事。一会又想起自己做下了什么——他，明明是个帮凶。于是想写一封匿名信给警察署，叵耐总提不起这股勇气来。

达士孟先生死了——有人说是自杀——他的天良便表现出来。警察们到来，得了那园丁的报告，立时着手探查。那箱子给他们找到了，还没有烂。忙把它开了盖，翻一个身。只见箱中装满的都是些美丽脆薄的东西，分明曾经偎贴过美人儿玉肤的。却并不见什么死尸。把屋中和园子里搜了一个遍，也搜不到什么。这大概是达士孟先生报了仇，犯下了罪，把那秘密也带了去咧。警察们对于此事，诧异地什么似的。那园丁也不愿再留在这嫌疑的屋中。

幸而隔了一天，有一个公证律师忽地接到了那位失踪的达士孟夫人寄来一封信，她说已得了丈夫死的消息，现在要求接收他遗下的薄产。原来那夜吵闹之后，夫人就悄悄地溜了出去，决意不受她丈夫的束缚。

这一件事，人家哪里想到这个被妻抛弃的可怜人并不把死尸装入箱中，却是葬他爱情上的一片幻影。那些殉葬的品物，就都是引起妇人虚荣的成绩品。他要见玫瑰花和死的枯叶着在那秘密的坟墓上，就能见人生在世，寿命很短，和这花一样。他再要见雪盖上去，就是要掩盖住以前一切罪恶，渐渐淡忘。唉！他到底是个畸人。

（原载《小说月报》第11卷第1号，1920年1月出版）

未婚妻

邬度女士 原著（法）

按：邬度女士（M.Audoux）为巴黎一缝衣妇，略知书。工余之时草《茉莉葛兰》（*Marie Claier*）。阅十年，纂改数度，始出以问世。当代文豪见之，大为激赏，因以成名。又有短篇小说多种，散见巴黎丛报中，此其一也。

过了几天的假期，我就得回巴黎去了。我到火车站时，火车中已挤满了人。我向着每一节车中张望，希望找到一个座位。对面的一节中恰有个座位空着，不过放有两只大篮子，篮中有鸡和鸭，探出头来望人。我迟疑了好一会，才决然入到车中。我打扰了旅客们，连连道歉，但是有一个穿着宽大外衣的人说道："姑娘，等一会，待我将这篮子取下来。"当下我给他拿着膝上的一篮水果，他就把那鸡鸭篮子塞到了座下去。鸭子们不喜欢如此，向着我们叫，那些母鸡都垂倒了头，倒像受了侮辱似的。而那农人的妻子却和伊们陪话，唤着伊们的名字。

　　我就座后，鸭子都静了。我对面一个客人便问那农人，可是把这些鸡鸭送到市上去卖的。农人答道："先生，不是的，我将去送与我的儿子，他后天要娶妻了。"他脸奕奕有光，抬眼向四下里瞧着，似乎要显给大家看，他是何等的快乐。一隅有一个老婆子拥着三个枕头蹲在那里，占了两个人的地位，还在那里咕噜说着，农人们在火车中太占地位了，而他旁边坐着的一个少年连两肘都没有放处。

火车开行了，那刚才和农人说话的客人，展开一张新闻纸来。农人却又对他说道："我的孩子是在巴黎，他在一个商店中工作，要和同店的一位姑娘结婚了。"那客人把展开的新闻纸掉在膝上，一手执着，身体微微倾向前面，问道："那未婚妻可美丽么？"农人道："不知道，我们还没有瞧见过伊咧。"客人道："当真，要是伊生得很丑或你们不喜欢伊，便怎么处？"农人道："这种事情原是常有的，但我以为我们定能欢喜伊，因为我们那孩子也绝不会娶一个丑妻的。"那农人的妻子在我旁边说道："况且伊倘能使我儿子快乐，那一定也能使我们快乐呢。"

伊转身向着我，那一双温柔的眼中，满含着笑。伊有一张活泼泼的小圆面孔，我简直不相信伊有一个长成的儿子，竟要娶妻了。伊问我可是往巴黎去，我向伊说是的，于是我那对面的客人便开起玩笑来，他说："我敢打一个赌，这姑娘就是那未婚妻，伊是来会伊翁姑的，而故意不告知他们伊是什么人。"

大家都对着我瞧，我的脸便涨得绯红了。那农人夫妻俩都说道："要是真的，那我们甚是欢喜。"我对他们说，这不是真的事，但那客人却又说明我在月台上曾往来两次，似乎找寻什么人，接着又迟疑了好久，方始入到火车中来。

旅客们都笑了，我便又竭力辩明，火车中只有这里一个空座，所以到这里来的。那农妇忙道："不打紧，我们都欢喜你，倘我们媳妇能像你一样，那我们就很快乐咧。"农人道："是的，我希望伊的模样儿像你。"那客人仍要继续他的笑话，狠狠地瞧着我说道："你们试瞧，一到了巴黎，你便知我的话不错了。你们的儿子定然和你们说：'这便是我的未婚妻。'"

过了一会，那农妇转身向我，在篮子里摸索着，取出一个糕来说这是伊今天早上亲自做的。我不知道该怎样拒绝伊，便回说我中了寒，身子发热，于是那糕重又回到篮子里去了。接着伊又给了我一串葡萄，我只索受了，车子停时，那农人又要给我去弄些热的饮料来，我好容易阻住他。

我瞧着这一对好夫妇，很恳切地要爱他们儿子所挑选的媳妇。我倒很怨自己不是他们的媳妇，要是真有这回事，正不知他们要如何的爱我咧。可是我从不知道我的父母在哪里，我又往往在一般陌生人中间过活，不论在什么时候，总觉他们是怔怔地对我瞧着。

我们到巴黎时，我助着他们将篮子提了下去，又指点他们火车站的出路。我刚走开去时，见有一个身体高的少年跑过来，和他们拥抱，逐一和他们接吻。接了又接，他们都笑着，快乐得什么似的。脚夫们高喊着，取着行李磕到他们身上来，他们也没有听得。当下我跟着他们到门口，那儿子把一臂挽着那鸭篮的柄，另一臂挽着他母亲的腰。因他也像他父亲一样，有一双快乐的眼睛和宽大的笑容。

外面天色快要暗了，我拉紧了衣裳，在那一对快乐的老夫妇背后逗留了半响，他们的儿子却去唤车子了。那农人抚摸着一头斑毛大母鸡的头，向他妻子说道："我们倘知道伊不是我们的媳妇，我们便把这斑毛鸡送给伊了。"农妇也抚摸着那斑毛的母鸡，说道："是的，要是我们预先知道。"伊向着一大群走出车站来的人走去，远望着说道："伊和这些人一块儿去了。"

那儿子唤了车子回来了，扶着他的父母上车，他自己跨上车厢，在车夫旁边坐下。他把身子斜坐着，好时时看他的父母，他模样儿又强健又温柔，我想他的未婚妻真是一个快乐的女孩子。

那车子去远了，我缓缓地走向街中去。我不能打定主意，回到我那寂寞的小房间中去。我已二十岁了，还从没有人和我讲这恋爱咧。

（原载《良友》第10期，1926年11月15日出版）

拿破仑帝后之秘史 ①

一千八百○九年，法国大帝拿破仑演说于议院中。曰："天以大位畀吾，迄于今数载矣。举国人民均加爱戴，清夜扪心，无复遗憾。所憾者后继无人，未能永永

---

① 《拿破仑帝后之秘史》曾编为戏剧，演于上海新舞台，易名《拿破仑之趣史》。夏月润之拿破仑，欧阳予倩之拿皇后，汪优游之奈伯格伯爵，夏月珊之勒佛勃尔公爵，周凤文之公爵夫人，皆卓绝一时之名牌大腕也。

人生的片段

为国宣力。屈指与帝后约瑟芬结褵以来，数阅寒暑，子息已无可望。为祖国故，不得不牺牲吾心坎中无限之热情，而出于离婚。今吾已四十岁矣，安可无子？果有子者，则可传吾衣钵，俾为异日树立之基。至吾之爱约瑟芬，深挚无匹，其事吾已十五载，不为非久。此十五年中之幸福，吾当时时念之。离婚而后，仍须保其帝后名位，以示优异。今夫妇之缘虽尽，而忠心耿耿，滋愿后齿吾于良友之列也。"一日为十一月三十日晨，去演说可数日，拿破仑与约瑟芬同御晨餐，状殊无欢，神宇凝肃，似被严霜。约瑟芬因亦默然就食，不敢作语。进咖啡已，拿破仑忽屏去侍从，引身近后，把其纤纤之手纳于胸次，默视可数分钟，始启吻言曰："约瑟芬，吾挚爱之约瑟芬，吾之爱卿，卿当知之矣。吾于斯世，无足云乐，唯得卿为偶，实为吾毕生至乐之事。嗟夫约瑟芬，吾固爱卿，顾亦爱法兰西。为法兰西祖国故，不得不以情爱为牺牲矣。"约瑟芬立悲声言曰："陛下毋多言，吾知旨矣。横逆之来，固在意计之中，特不意其迅速至是也。"语既立晕，拿破仑启扉召侍从武官鲍山叩之曰："鲍山，尔能挟后至寝内否？尔力如苦弗足，吾当助尔为之。"遂同扶约瑟芬起，相将登楼。鲍山自言多力，负约于背，拿破仑则持烛前行，为状殊悽恻焉。越日，离婚之举已通过于议院，约瑟芬遂掩面出鸠尔利宫，退居卖梅松离宫。拿破仑言念旧情，不能无动于衷，时至离宫慰之。顾为时未久，而结婚之念动矣。左右百僚，多以求婚于奥国为劝。拿破仑韪之，遂于一千八百十年春，命使者赍书赴奥，求长公主玛丽路易瑟下嫁。时奥五败于法，势滋岌岌，故奥皇法朗昔二世亦颇欲以儿女姻好，结欢于拿，因允焉。拿破仑闻讯大悦，复命使者传语曰：今而后第一要事，彼当诞育子女。闻者咸匿笑。拿破仑于平日，初不注意服御，但衣一参将制服，恬然自适。今则特出重资，制一锦绣长袍，并市文履，屏军靴弗御。退食之暇，复强学舞蹈，俾后此得与新后同舞。卒以身手不灵，废然而止。而鸠尔利宫中，亦鸠工庀材，大加修饰。拿破仑不辞烦琐，自为监督，见有不中程者，辄纠正之。

一日方巡行宫中，忽于廊下遇其心腹之大将勒佛字尔公爵，立语之曰："公爵，尔曷从朕来，朕欲与尔一语，并有以示尔。"公爵平昔敬爱拿皇，匪所不至，唯见其离婚重娶，雅不谓然，心非之而不敢言。时拿破仑

人生的片段

引公爵入一巨室，示以罗衣锦裳及耳环颈饰之属，为值可三百万。微笑谓公爵曰："果皇后为女子者，见之必色喜。尔意云何？"公爵曰："然，臣微闻新后平时不事华饰，所有一二饰物，亦不逮此中千分之一。一旦得此多珍，乌得不喜。然臣以为此犹不足云乐，彼得为拿破仑之妻，斯真乐耳。"拿破仑笑执公爵耳曰："尔善谀哉。"公爵立曰："是实非谀，臣心有所思，立发诸口。盖臣秉性耿直，与臣妻肖也。"拿破仑曰："尔从吾来，吾欲与尔一言尔妻之事。"遂拽公爵至于书桌之次，指一椅令坐，恳恳言曰："勒佛孛尔，今吾首欲问尔，吾与约瑟芬离婚，军中作何议论？今之新娶奥国公主，亦有反对者否？"公爵曰："吾辈军人，但知服从陛下，他非所知。则对此离婚重娶之举，亦安敢明言反对。"拿破仑曰："然则暗中必反对吾矣，若辈果作何语？尔其直言无隐。"公爵期期言曰："军人之语，初不足重。实告陛下，吾人见前后被废，无不为之扼腕。盖后温柔敦厚，如春风风人，虽粗犷如臣，后亦不以为病。其于吾辈军人，敬礼有加。今新后来，吾人且退避三舍矣。"拿破仑笑曰："勒佛孛尔，尔毋过虑，尔曹皆英雄，新后胡敢蔑视。其所以崇拜尔曹者，或且在前后上也。"公爵曰："然往来朝中者非特臣等，尚有臣等之妻子。"拿破仑作弗耐状曰："吾知之矣，尔尚欲新后敬礼尔曹之妻子耶？"公爵曰："然，臣等之为国宣力，非特激于忠义，亦为妻子深情所驱使，须知若辈皆贤妻也。"拿破仑曰："勒佛孛尔，尔忠肝义胆，夙所嘉许，故今日得为法兰西大将，并为公爵。唯尔妻出身微贱，不足为偶，试思以一浣衣之女，安能为公爵之夫人。今者腾笑满朝，咸以浣衣女为笑资矣。"公爵曰："然彼爱臣甚挚，臣亦深爱之。出身虽贱，良不足为病。"拿破仑曰："勒佛孛尔，尔曹何事结婚于大革命时，娶妇半出蓬门，非复良匹，吾实为尔曹惋惜也。"公爵曰："然事已至此，胡能更易？"拿破仑凝视公爵，大声曰："尔谓不能更易耶？"公爵知拿破仑意有所指，为之微震，继则岸然答曰："然，臣与臣妻结为夫妇，誓以百年，此生不能析也。"拿破仑曰："然吾亦尝娶妇，今离婚矣。"公爵亟曰："臣事不能与陛下并论。"拿破仑曰："然则尔不思离婚耶？"公爵曰："然，臣誓死不愿出此。"拿破仑沉默有间，又发吻言曰："勒佛孛尔，尔其谛听，尔果能与尔妻离婚者，吾当予彼以资，并不

　　　　　人生的片段

去其公爵夫人之名位。"公爵踊起于座，颜色泛为惨白，倚壁间，噤蠕无语。拿负手于背，蹀躞室中，又作沉定之声曰："婚约既解，吾当立即曩时贵族中，为尔择一美妇。比来新旧之畛域甚深，往往互相疾视。如吾朝中百僚及麾下诸将，一一与贵族女子结婚，则新旧之嫌立泯，国家有承平之庆矣。勒佛孛尔，尔能否恪遵吾命？"公爵惶恐答曰："陛下，此事万难遵命。陛下驱吾于世界尽处可也，放吾于阿非利加之炎荒可也，逐吾于北冰洋之冰山间可也。即操刃杀吾，亦无不可。唯此一事，陛下不能相强。吾妻实为贤妇，吾实爱之，宁受抗命之罪，不能曲徇陛下之意。"拿破仑冷然曰："勒佛孛尔公爵，尔诚勇士，敢与吾抗。然吾非暴君，亦不欲强尔相从。今姑置之勿论可矣，今而后尔其善事尔妻，勿萌他念。唯告尔贤妻，后此勿复以市中鄙倍之语，渎吾新后清听也。行矣公爵，归视尔妻，彼盼尔久矣。"公爵磬折而退，拿破仑目送其行，切齿言曰："蠢哉是人，蠢哉是人。"公爵归时，其夫人喀瑟玲方试一新制之朝服，则立舍其服，趋迓公爵。见容色有异，亟问故。公爵知不能隐，即具告之。喀瑟玲者本巴黎浣衣女，大革命时与公爵遇，一见倾心。时公爵方为军曹，立娶之归。其人绝明慧，能言善辩，公爵深爱之。此时闻公爵转述拿破仑语，则恨恨不已。

奥地利首都维也纳皇宫，壮丽如天堂，公主玛丽路易瑟方亭坐粉阁中，切切若有所思。一手则抱小狗，逗之同嬉。一侍女忽排闼入室，坌息呼曰："公主。"公主微震，立问曰："尔何事作此惶急之态？讵宫中火耶？"侍女喘定，掉首曰："否，皇帝陛下至矣。"公主愕然曰："阿爷奚为至是？"侍女答曰："婢不知也，微闻陛下之来，有涉公主婚事，公主行知之矣。"公主无语，麾侍女出。公主年十有九，明眸皓齿，双辅如玫瑰。奥之屡败于法，彼固知之，故平昔心目中，夙以拿破仑为食人之魔鬼，闻将身事其人，则益震骇。已而奥皇人，即以遣嫁拿皇事告公主。公主颤声言曰："吾国之人，非言拿破仑为魔鬼耶？阿爷奈何以儿嫁魔鬼？"皇曰："拿破仑昔为吾敌，故称之为魔鬼，实则其人固英英奇男子也。"公主曰："然儿亦不愿嫁此可怖之人。"皇曰："路易瑟，吾已许之矣。为祖国故，尔必嫁拿破仑，非此不足以救祖国。"公主俯首无语。皇又曰："尔此去虽远适异国，荣

茕无依，然吾必遣一忠勇可恃之人，以为尔伴。"公主
拊掌曰："阿爷殆欲令此小狗茶茶伴儿耶？"皇微笑曰：
"否，吾意非指茶茶，将于臣僚中为尔择取一人。且吾尝
闻拿破仑不喜小畜，不宜携茶茶同行，尔曷留之家中，
吾当将护之也。"公主心滋不怿，微顿其足，泪痕承睫
如明珠，立以罗帕揾之。皇趋近其侧，恳切言曰："路易
瑟，尔必嫁拿破仑，兹事定矣。"公主微颔其首，揾泪
不答，皇遂出。一日，公主散步御园，屏侍女独行。偶
见一小湖畔有忆依花数丛，姹媉欲笑，心悦其艳，趋前
撷之。顾以用力过猛，失足几仆，将堕水矣。陡有人出
其后，疾进挽公主腰，乃得不堕。公主惊魂稍定，磬折
道谢。视其人作贵族装，状貌甚都，顾不之识，继即授
以纤手，含笑言曰："谢君见援，脱非然者，吾命丧矣。"
其人亦磬折，把公主手吻之。公主曰："吾遇此奇险，徒
为一花。而此花仍不为吾有，能不令人邑邑。"语次，引
眸注水中堕花，若有余恋。其人初不作语，投身入水。
时在深秋，水中颇挟寒意，其人弗顾，力泳可五六十码，
携花而返。既登岸，华服尽湿，取花纳唇际吻之，上公
主。公主感激之余，爱心立动。时有侍女趋至，迎公主

归。其人罄折欲行，公主立止之曰："君其少住，请以大名见告。今日之事，令人感激涕零，吾当归白父皇，以旌君功。"其人足恭答曰："鄙人为奈伯格伯爵，奉大皇帝命，将出驻邻邦，为总领事。今晨尚须入觐皇帝，为时甚促，愿公主恕之。"公主曼声言曰："伯爵，今晨少缓无妨，容言之父皇，父皇绝不罪君也。"言次嫣然一笑，与伯爵为别。由是而后，此奈伯格伯爵遂深据公主芳心中矣。居未久，公主即遣嫁赴法，花车载道，颇极一时之盛。为之伴者，则奈伯格伯爵也。伯爵以马随车后，顾盼生姿。公主则时时于车窗中现其娇面，报以倩笑。将抵法境，每晨必有使者赍拿皇书至，并縢鲜花一巨束，以示眷念。既入法，去巴黎尚远，而朝中亲贵，已结队来迓。香车十里，鱼贯不绝。时则拿破仑在鸠尔利宫中，焦心相待，夜辄失眠，日中则往来踥蹀，不复治事。时试其新婚吉服，聊以自遣，并视公主小影，用慰相思之苦。晨起必作情书，饬使者赍往，其情急之状，有不可言喻者。如是数日，闻新后花车已抵巴黎五十里外。时天已入暮，大雨如注，拿破仑竟冒雨往迓，衣冠皆湿，入花车时，状至狼狈。时其妹氏奈伯尔司女王方

与新后同车，则力促之下。玛丽路易瑟骇极，垂睫不敢
仰视，但觉拿破仑力亲其颊，粗暴无伦。复以手抚摸其
玉肤，亦无温存体贴之致。此一夕者，彼盖永永不之忘
矣。结婚之翌日，拿破仑竟不入餐堂，传餐于钿床之次，
与新后同食，朝臣咸哗笑。而前室之中，有一人枯坐室
隅，妒火方中烧者，则奈伯格伯爵也。拿破仑结婚后，
颇尽力博新后欢。日屏国事不理，驾言出游。前此不事
修饰，今则对镜顾影，弥复周详。闻新后之爱其小狗茶
茶也，则立命使者赴奥，将之宫中。且一变其疾恶之心，
爱此小狗。间复忘其皇帝之尊严，与女郎等同嬉园中，
为迷藏之戏，叫嚣跳荡，如小学生，藉博新后一粲，引
为至乐。后有所欲，亦唯命是听，一若毕生无复大事，
但伺玛丽路易瑟鬘笑足矣。顾拿破仑虽眷爱有加，而后
则落落无复情愫，日唯佯笑承欢，虚与委蛇。花朝月夜，
时与奈伯格伯爵把臂为欢。即平日一言一动，亦在示其
亲昵。拿破仑目光绝锐，时辄注此二人，虽知新后尊严，
无所用其防范，顾亦不能无疑，因属警务总监福歇密伺
之。一日，方治事，新后以马出游，挟奈伯格伯爵与俱。
去久之，犹未见归，拿破仑治事毕，即出觅新后，冀使

新后惊喜，相与同返。意决，携一侍从偕行，循地上马迹，追蹑而前。行至半径，马迹忽折入丛蒨，遥望为一树林，绿荫如幄。即命侍从以马俟林外，微步而入。既入绿荫深处，见一大树下方系二马，少远有草庐，隐隐似闻人声。拿破仑怒极欲狂，挥鞭作响，目中发为怒光，灼灼如岩下电。侧耳倾听，殊不辨其语，是时妒怒交并，莫能自制。立翔步趋入草庐，则见奈伯格方与新后对立，喁喁作软语。拿破仑大怒，咆勃呼曰："先生，尔在此何作？尔何人？乃敢与皇后秘语于林薄深处，是何意耶？"奈伯格伯爵不能答，匆促遂行。后一不之慑，嫣然笑曰："拿破仑尔何悻悻至是，讵妒吾侍从耶？"语次，委婉作媚态，以平其怒。拿破仑嗫不能声，但道主臣而已。既归宫，即下令遣奈伯格伯爵归国，并褫警务总监福歇职，惩其失察。后见拿遣去伯爵，心滋恨恨，言念当日涉水取花，深知伯爵之爱己。而一寸芳心，遂亦不属拿破仑而属之斯人矣。伯爵濒行，后独处绣闼，偷弹红泪，命侍婢以钿合贻伯爵。伯爵颤手启视，得指环一，并忆侬花一束。则加环于指，取花亲之以吻，引眸回望后所居楼窗，登车而去。而后此时亦方伏红楼帘影间，遥送伯爵行也。

一日鸠尔利宫中开会大宴群臣，群臣之妻女亦集，俾觐见新后。拿皇二妹及勒佛字尔公爵夫人均与会，福歇虽去职，亦仍戾止。一时钗光钿影，缭乱一天，拿破仑及后皆大悦。福歇知勒佛字尔公爵为拿心腹，或能助己复职，因结好于公爵夫人喀瑟玲，无所不至。并阴告夫人，谓拿皇二妹及某贵妇等，咸欲于是夕加以侮辱，以其出身贱也。夫人愤甚，磨砺以须。席次，拿皇长妹奈伯尔司女王忽微哂曰："今日来宾甚盛，允为一代盛事，即浣衣之女，亦俨然为上宾矣。"公爵夫人踊起于座，怒声言曰："吾人苟能持身以正，虽浣衣女何伤？即出身为奴厮，不足为耻。吾固浣衣女也，然平生行事，问心无愧，足以对天，足以对人。吾尝见今之所谓贵妇人者矣，蝇营狗苟，不知廉耻为何物。迹其行事，远在奴厮之下，则贵妇人亦何足贵？且以出身论人，亦失之褊浅，不见吾奄有天下之大皇帝陛下，前此非科西嘉岛中村儿耶？今若曹凭借皇帝，恣作威福，非皇帝者，则亦科西嘉岛中村姑耳？何贵之有？"奈伯尔司女王作色谓其妹曰："吾辈行矣，勿与此猥贱之浣衣女作语，自贬其身份。”遂相将避席去。福歇引身近公爵夫人，微语曰：“夫人舌锋良锐，令人佩畏。然皇帝闻之，或且不悦夫人。”公爵夫人岸然答曰：“吾何慑者，少缓亦将以此事白之皇帝，一评其曲直也。”越数日，宫中将开游猎大会。公爵夫人特于一大衣肆中新制花冠一。翌日，肆人赍花冠至，侍婢将冠入室，谓夫人曰：“夫人，肆人在前室中求见。”夫人颔之，出至前室中，甫见其人，则大惊曰：“奈伯格伯爵，君非已返维也纳耶？今奚为至是？”伯爵悄然答曰：“因其要事，故匆匆复至。会今日诇知夫人于大衣肆中购一花冠，因以二十五金贿肆人，易其衣，将冠至是。”夫人曰：“君何轻率若是，讵不知仇君者盈朝耶？”伯爵曰：“仇吾者唯皇帝耳。”夫人曰：“即皇帝一人，已足置君于死地。人果知奈伯格伯爵在是者，事实奇险。”伯爵曰：“吾方乔装，人安从知之。”夫人曰：“然间谍密布，图君甚急。须知皇帝方以重金密贿皇后左右，伺君行动。今君重戾斯土，一旦为皇帝所知，则生命危矣。”伯爵曰：“唯吾此来初不久淹，不及两日，即当遄返维也纳。”夫人曰：“然则君以何事戾此？”伯爵微喟曰：“吾欲一见玛丽路易瑟。”夫人立曰：“是乌乎可，君果爱皇后，即宜高举远引，以安其心。万不可更与昵近，动皇帝之疑。"伯爵把夫人手，恳恳言曰："夫人，吾心碎矣。勿复拨吾创口，更益吾痛。吾爱皇后，夫人固知之。不知皇后之爱吾，亦复深挚无伦？"夫人微愠曰："慎哉君也，君何人斯？胡能与皇后言爱？果发觉者，在君为死，在皇后为大辱。以吾度之，尚以逃情为得。"伯爵仰天叹曰："逃情岂易言者。吾一息尚存，殊不能斩此情丝。然吾既爱彼，亦绝不陷彼于险。"夫人曰："君此来果为何事？胡不见告。"伯爵曰："适已告之夫人矣，吾欲一见皇后，璧还其物。"夫人曰："殆信物耶？"伯爵点首曰："然，当日濒行，皇后尝以指环及忆侬花贻吾。"言次，出钿盒，以指环示夫人，继即吻之数四，返置盒中。长叹言曰："夫人当知此区区者，吾实目为世界中之至宝，视吾生命尤足矜贵。嗟夫天，今日吾乃不得不与此至宝别矣。"夫人曰："然则君此次不远千里而来，即欲返此指环耶？"伯爵曰："然，拿破仑近益多疑，尝向皇后索此指环。后以遗失对，而拿期在必得，迫后愈急。后不得已，因以急书寄吾，属返此环。吾遂铤而走险，星夜来法。今夕玛丽路易瑟既得此环，则拿破仑积疑当冰释矣。"夫人曰："然则何人助君入宫？吾殊为君危之。"伯爵夷犹有间，引目定注夫人，徐徐言曰："吾于法土初无良友，唯以夫人为毕生知己。今日之事，唯有求助于夫人。"夫人立摇首曰："否否，兹事吾实爱莫能助。"伯爵沉声言曰："喀瑟玲勒佛孛尔，尔尚忆茄姆伯战中事乎？救尔于吾军枪弹之下者，谁也？今日之事甚细，尔乃不能助吾耶？"夫人庄容答曰："伯爵，吾固欲助君，以报旧恩。唯吾夫为拿破仑大帝之忠臣，为陆军之大将，为法兰西之公爵。平日受恩深重，在势不能欺罔皇帝。吾深爱吾夫，为吾夫故，亦不能与皇帝树敌，愿伯爵谅之。"伯爵怫然曰："然则夫人竟峻绝吾请，不为吾助耶？"夫人曰："吾但忠告伯爵，趣归维也纳，勿复萌此妄想，与皇后相见。"伯爵曰："吾果归者，将何以处此指环？"夫人立曰："君第授吾，吾当为君璧返皇后。"伯爵首肯，出钿盒授夫人，吻其手曰："谢夫人见助，见皇后时，尚乞代达鄙意。谓吾身虽远去，痴魂尚坚守其侧。他日有事见召，吾必立至。后今日虽据高位，尊荣为天下冠，而未来之局，孰则知之。"夫人曰："伯爵意良厚，吾必转达皇后。唯皇后他日或无需君助耳。"伯爵微笑曰:"此殊难言,夫人当知拿破仑双足践处,地盘动矣。"夫人曰:"上帝相吾皇帝,决无颠覆之日。且猛将如云,皆愿为皇帝效命也。"伯爵哂曰:"他日之颠覆拿破仑者,即此如云之猛将,夫人其拭目俟之可矣。"夫人曰:"奈伯格,尔勿作此妄语。当知拿破仑为天之骄子,天且保其大位,至于万世。即其群仆亦效忠不二,之死靡他,苟知君私昵皇后,与大皇帝树敌者,必且寸脔君身矣。"伯爵笑曰:"当不至是。吾固知拿破仑奇妒,严约皇后如囚徒,虽其忠臣挚友,不得与近。吾今阑入宫中,险乃万状。今夕夫人人觐皇后,乞为道歉。然皇后如欲见吾者,吾必一冒此险,赴汤蹈火,不之慑也。"夫人立曰:"伯爵,君曷纳吾忠告,趣去斯土。脱不行者,不特自丧其躯命,亦将隳皇后之令誉。至此指环,吾当为君转致皇后,可毋虑也。"伯爵无语,作犹豫状。夫人又曰:"奈伯格伯爵,君其行矣。"伯爵略罄折,遂翔步去。方是时,侍婢忽入报,谓皇帝有命,请夫人入觐。夫人知前夕之事,奈伯尔司女王必已谮之皇帝,故召己入宫,将加谴责。因就妆台中出一黄敝之纸,怀之胸次,匆匆遂出。

既入宫中，由承宣官导入皇帝书室。时皇帝方坐书桌之次，批阅文牍，室中严静，但闻金钟悉邃作响，及火炉中槸拙之声。夫人屏息侧立，不敢少动。拿破仑批阅良久，徐引其眸，见夫人，立发吻曰："公爵夫人，尔在是耶？前夕之事，朕已微有所闻，尔出身微贱，发语固不能醇雅。然胡不保持尔舌，使宁处于齿牙间耶？今则全欧新闻纸中，咸以吾朝为笑资。微夫人安得有是，尔夫不幸，乃娶浣衣之女，朕实为彼扼腕也。"语至是，忽自座中踊起，取银杯斟咖啡，一饮而尽。手中尚持杯，面夫人曰："今后尔宜去此，勿复厕列吾朝。前此吾尝命勒佛孛尔与尔离婚，少予赡养之资，并留公爵夫人名位，此事勒佛孛尔尝告尔否。"夫人悄然答曰："陛下，妾夫固尝以此相告，妾唯向彼笑耳。"拿破仑立曰："尔夫何言？"夫人曰："彼挟妾于臂间，谓誓死不从皇帝之命。"拿破仑堕其银杯，厉声呼曰："女魅，尔敢以此告尔皇帝，告尔主人耶？"夫人毅然答曰："陛下为妾等皇帝，妾等主人，固也。妾等之尊荣富贵，咸出陛下之赐。陛下横刀一呼，立能使十万健儿冲锋陷阵，无敢违抗。然陛下之命，殊不能行之夫妇之间，杀其情爱。果

陛下必欲为之者，其事必败。"拿曰："夫人，尔舌殊灵
锐，有类鹦鹉，然亦不当自恃其能，用以忤人。前夕尔
尝以不逊之言，侮辱奈伯尔司女王，并及朕躬，尔殆欲
与朕挑战耶？"夫人急曰："陛下误矣，前夕之事，先发
者实为陛下令妹，不特辱妾，并辱陛下神圣之军人，妾
特自卫而已。"拿破仑讶然曰："尔言何指？孰为神圣之
军人？"夫人傲然答曰："妾不特为浣衣之女，亦为曩
时第十三营中之军士，尝乔装从勒佛字尔军曹后，出入
战阵，躬与凡尔登茄姆伯诸役。"拿破仑拊掌笑曰："壮
哉妇人，壮哉妇人，然勒佛字尔平昔胡不告吾？"夫人
曰："吾二人均已贵显，则妾虽有微功，正不必上渎清
听。即妾平日亦讳莫如深，不欲以此自伐，今受责于
陛下，故一言之。"拿破仑曰："然尔身与战阵，尝被创
否？"夫人曰："在莆勒路一战中，右臂尝为奥人之刺刀
所创。"拿破仑立曰："公爵夫人，曷以此创示朕，容朕
一视之。"夫人遂袒右臂示拿破仑，拿吻其创痕，喃喃
言曰："此创殊美，而此凝脂之玉肤，尤可人意也。"夫
人立缩其臂，作倩笑曰："陛下，妾臂但有此创，无他创
矣。且此凝脂之肤，亦无与于陛下。"拿破仑曰："吾曩

在军中，何未尝见尔？”夫人曰：“陛下固尝见妾，唯去今久矣。时在一千七百九十二年间，妾尚未与勒佛字尔缔婚，操浣衣之业，时复至陛下寓中。其地在梅尔街，妾尚忆之。”拿破仑颔首曰：“然，吾居屋中二层楼。”夫人曰：“否，在三层楼，陛下误记矣。”拿破仑闻夫人道其旧事，兴采弥烈，因又问曰：“然尔当日奚为时时至吾寓中？”夫人曰：“为陛下浣衣也，顾陛下当日埋首书籍地图中，初不注意及妾。妾物色佳婿，久久未得，遂委身以事勒佛字尔。实则妾当日之爱彼，殊不若今日之甚。果陛下舍其书籍地图，通情款于妾者，妾必纳陛下矣。”语已，微睇拿破仑，作憨态。拿嶙默久之，似方追念当日情景，已而问曰：“然则曩年为吾浣衣者即夫人耶？”夫人曰：“然，妾固浣衣女也。今之所以见轻于陛下令妹及诸贵妇者，即亦为是。”拿破仑颦蹙曰：“夫人奈何操此贱业？令人弗解。为军人可也，奚为浣衣？”夫人正色曰：“妾操此诚实之生活，以血汗博微资，用自糊口。为业虽贱，亦不足云辱。唯吾业虽昌，所得殊无几，且有人欠吾浣衣之资，久久不付者。即此宫中亦有一人，未付吾资也。”拿破仑笑曰：“尔讵欲索此夙逋耶？”夫人曰："然，吾循正轨行事，谅亦为陛下所许。彼欠吾资者，今已富贵，固尝偿此凤逑。"语至是，探怀出黄敝之纸，谓拿破仑曰："彼尚有笔据在是，在势不能不承。其书曰：吾今不能付尔浣衣之资，实以所得非丰，舍自赡外，尚须赡母，并赡弟妹多人。一俟他日擢为大佐，当尽偿尔资。"夫人读未毕，拿破仑忽腾跃而前，攫其纸呼曰："嗟夫天，此固吾当日手书也。今兹见此片纸，立忆少时贫薄之苦。时吾立志甚高，名犹未著，厕身炮队中，所入甚微，平日亦无朋好，能贷吾一法郎者。不谓尔以一浣衣之女，乃能见信。吾今虽为皇帝，当永不忘此大德也。"是时拿破仑中心大动，现为感激之色，继又言曰："今而后吾当使朝中之人，敬夫人如天神。明日游猎大会中，务乞戾止。当吾妹氏及诸贵妇前，即以敬礼相加，俾若辈后此不敢相侮。吾今视尔，实与开国元勋等矣。然吾当年欠资几何，理合追偿，请言其数。"言次，探手囊中，为状滋悦。夫人展手曰："为数共六十法郎。"拿破仑笑曰："尔值太昂，请予吾以折扣。"夫人曰："否，此值殊廉。舍浣濯外，尚须缀其绽裂之处，耗时多矣。"拿破仑曰："吾衣安有绽裂？"夫人曰："安得无之？有时

拿破仑帝后之秘史 225

绽裂之痕，大如狮口。每补缀时，非竟日不可。此六十法郎中，已计入补费。且时隔多年，亦须计息。"拿破仑应曰："良是良是，吾当如数偿尔。"语时，二手深陷左右囊中，扪索殆遍，顾乃一无所有。因邑邑言曰："是殊不幸，吾囊中乃不名一钱。"夫人笑曰："然则少宽亦可，但愿陛下勿忘此资。此六十法郎者，不能减一法郎也。"拿破仑曰："谢夫人厚吾，吾胡敢忘？今为时已晏，十一时将届，当饬罗斯丹送夫人归。"遂扬声呼罗斯丹，门应声辟。门外一守者，磬折而入。拿破仑遂曰："罗斯丹，尔其送公爵夫人归，将慎毋忽。"罗斯丹复磬折，偕夫人出。

行不数武，忽回首向拿破仑，目中作作有光，抑其声言曰："陛下，适见一白色军服之人，沿廊道至皇后寝外，试启其扉，厥状殊可疑也。"拿破仑闻语色变，如中奇疾。盖廊道中有二扉，一通皇帝书室，一则通皇后寝内。宫中之人，非见召不敢阑入。皇帝书室中，亦有二扉，与己室及皇后寝内连。今忽有白衣之人，试皇后寝门，滋足骇怪。沉思有间，则自语曰："此白色军服之人，必奥人无疑。然奈伯格方在维也纳，咄嗟安得至

　人生的片段

是？意其人或为刺客，将不利于吾。见皇后寝内，误为吾室，故试启其扉，少选且复至，吾当一见其人。"因灭灯，潜辟三扉。时四陬黝黑无光，如入魔窟，火炉中榾柮，已垂熄，但作微明。拿命罗斯丹伏暗中，即携勒佛孛尔公爵夫人同坐室隅，屏息以待。居顷之，闻罗裙萃察声，由皇后寝内来。寻见一妇人现于门次，蹑足入书室。炉中余光烛及其面，审为皇后之侍女孟德佩洛夫人。公爵夫人大震，竟体皆颤。拿破仑则坚握其臂，止之弗声。侍女摸索而行，至于外达廊道之门。拿一跃起，徐蹑其后。微闻门外有男子之声曰："孟德佩洛夫人左右已无人耶？"拿力擘侍女于侧，超跃出室，擒取其人，呼罗斯丹燃火。擒入室中，罗斯丹燃烛视之，则奈伯格伯爵也。拿破仑咆勃呼曰："奈伯格，吾固已料及之矣。"奈伯格却立无语，状至縠觫。而侍女则以惊极，晕仆于地。拿破仑顾罗斯丹曰："为吾将此妇出，非呼尔者，勿入此室。"罗斯丹噭应，挟侍女出。拿破仑目光如炬，厉声问奈伯格曰："先生，尔奚为深夜潜入吾宫，为状如贼？吾意尔已返维也纳矣，胡犹淹留吾国？"奈伯格颜色惨变，犹强作镇定状曰："陛下，外臣实奉敝国大皇帝命，重戾贵邦。"拿破仑曰："来此奚事？"奈伯格曰："大皇帝因有要事，命外臣来贵邦，入觐皇后陛下。"拿破仑微哂曰："先生，尔殆与吾戏耳。人觐皇后，胡不于白日为之，今以夜半潜入宫中，抑又何也？"奈伯格曰："是以外臣前此见逐于陛下，不许复入宫门，故不得不出以暮夜，非得已耳。"拿破仑曰："然夜已过午，非入觐皇后之时。"奈伯格曰："是出皇后之命，非可责外臣。"拿破仑大呼曰："先生，讵皇后命尔以夜半入其寝内耶？"奈伯格曰："皇后固命外臣以夜半至是，俾取复书归报敝国皇帝。"拿破仑怒呼曰："尔安人妄语，皇后安得出此？"奈伯格闻拿斥为妄人，唇吻皆白。握其拳切齿言曰："陛下，外臣为奥地利将领，今奉皇帝命来，即为皇帝代表，辱外臣即所以辱皇帝。陛下以妄人见称，外臣亦不得不以恶声相报矣。"拿破仑哼声呼曰："万恶之贼，尔以夜半潜入吾宫，迹类刺客。尔自命为奥皇代表，吾殊不能承认。"语既，立摘奈伯格胸际勋章，掷之于地。奈伯格拔其佩刀，大声曰："陛下辱吾已甚，吾刀当一饮陛下之血矣。"公爵夫人方隅坐，大惊而起，投身以阻奈伯格。拿破仑手无寸铁，则扬声呼罗斯丹。罗斯丹知有变，排闼而入，别召三侍卫至，擒奈伯格。已而侍卫长亦至，公爵夫人立跽拿破仑前，乞恕奈伯格弗杀。拿不之顾，岸然谓侍卫长曰："此人心怀叵测，谋害朕躬。其罪殊不可逭，尔其禁锢之，以俟鞫讯。"侍卫长磬折以应，执奈伯格去。拿破仑盛怒未杀，蹀步自入其室，公爵夫人亦归，谋所以救奈伯格者。顾通宵转侧，不得一策。

翌晨，即以此事就商于夫。时公爵已闻其事，因微喟曰："此次奈伯格自投罗网，恐不能生还奥地利矣。"夫人曰："君能否为吾求皇帝，贷伯爵一死。"公爵曰："此中原因繁复，恐不能回皇帝之意。今日皇帝且以鞫讯之事属吾矣。"夫人曰："君将从皇帝命乎？"公爵曰："然，吾胡能抗皇帝？"夫人曰："然奈伯格当年尝于茄姆伯一战中出吾于死，君当知之。非奈伯格者，吾且以间谍论罪，为奥人所杀。今日如能救彼，即所以报旧恩。"公爵曰："卿言良是，为卿故，固当力救伯爵。特皇帝一怒，尚安有吾人容喙地哉？"夫人愠曰："君不救伯爵，吾当救伯爵。吾虽女子，殊不欲示人以不义也。"公爵曰："卿将何以救伯爵？"夫人曰："容徐图之，唯有一事奉问，今日宫中亦有人能近皇后否？"公爵曰："舍吾一人外，无人能近皇后寝内一步者。盖吾已被任为宫中戒严总司令矣。"夫人曰："今吾已得一策，或足以救奈伯格。今日君能否至皇后寝室门外？"公爵曰："此殊易易。"夫人曰："君趋近寝门时，步履宜重，并以佩刀着地作响，令皇后闻之。其次则以大声诰诫戍卒，谓今晨勿令一人阑入皇后寝内。即出入书札，亦当严行检查。如有寄奥国皇帝之书，尤宜注意，末语滋关重要，不可不以大声出之。"公爵愕然曰："吾殊不解卿意，请言其详。"夫人曰："吾今无暇为君剖解，事后君当解之，今但恪遵吾言行事足矣。"公爵略沉吟，即匆匆入宫去。时后尚在寝内，闻公爵诰诫戍卒之语，知奈伯格已有变，即阴自为备。公爵夫人胸有成竹，亦匆促入宫。会福歇亦至，福歇因失警务总监职，颇懊丧。近方运动皇帝左右，力谋复职，故亦时时出入宫中。夫人见福歇滋悦，同至无人之处，低声语之曰："麦歇福歇，吾有事奉恳，君能见助否？"福歇立曰："吾与夫人夙称良友，非同泛泛。夫人有事，敢不效其绵薄。"夫人曰："奈伯格伯爵被逮事，君当知之矣。"福歇曰："然，今方俟新总监萨佛利来，或将处以死刑。"夫人曰："奈伯格有大恩于吾，吾实不忍见其惨死。君善吾，曷为吾救之。"福歇颦蹙曰："此人为皇帝死仇，势在必杀。彼与吾非戚非友，奚为救之。况吾之失职，亦为彼事，至今犹恨恨也。"夫人曰："麦歇福歇，君以彼失职，今亦思借彼复职耶？"福歇曰："复职固所望也，唯皇帝之意难回耳。"夫人微笑曰："麦歇听之，今君复职之时机至矣。趣救奈伯格伯爵。"福歇掉首曰："此事胡足助吾复职？脱为皇帝所知，吾死无日矣。"夫人附福歇耳，咕嗫作小语曰："麦歇当知皇后之昵奈伯格，其事良确。君果救奈伯格者，皇后必喜，事后且言之皇帝，复君之职。盖皇帝虽疑皇后，而爱心仍未变也。"福歇大悦曰："夫人设策良佳，大类策士。然吾何以救奈伯格者？"夫人曰："君曷入求皇帝，少缓奈伯格之死。此一日中，吾当决一良策。"是时皇帝之侍从官适过，福歇立止之曰："麦歇康斯顿，君曷为吾入告皇帝，谓福歇入觐，有要事奉白。"康斯顿固与福歇善，立允其请。少选康斯顿已返，福歇立问曰："康斯顿，皇帝能见吾否？"康斯顿曰："皇帝方召见新警务总监萨佛利，言奈伯格伯爵事，君其少待。"福歇曰："伯爵能不死否？"康斯顿曰："皇帝意至坚决，拟不俟鞫讯，即处伯爵以死。闻已命萨佛利准备，以正午处刑。"公爵夫人闻语大震，容色立变。康斯顿语已，翔步自去。福歇噫气曰："伤哉奈伯格，死期促矣。"夫人急曰："麦歇福歇，吾辈既不能乞怜于皇帝，贷伯爵一死，唯有立决一策，助伯爵出险。"福歇曰："然，今为时已促，在势不能久延。闻伯爵未入犴狴，方幽侍卫长室中，出之较易。"夫人曰："计将安出，宜出以稳妥，庶不偾事。"福歇曰："吾拟贿通内外戍卒，弛其防范。先草一小简，属窗下戍卒拴之枪尖，投入窗中。而夫人则于此时至侍卫长室外，以访寻公爵为辞，与侍卫长小语。伯爵得间即可越窗而逃，吾谓此策似尚可行。夫人于意云何？"夫人少思，即答曰："此策虽险，然事迫然眉，不得不冒险为之。"福歇无语，即自日记中裂片纸，以铅笔作书曰："伯爵鉴，俟侍卫长与勒佛孛尔公爵夫人交语时，请即越窗而出。事关生死，将慎毋忽。内外戍卒均已受贿，可毋虑也。"书已，取纸示夫人。夫人读竟，点首曰："佳，今日之事，君实为皇后尽力，皇后必有以报君。"福歇笑曰："吾无他求，但求皇后以警务总监旧职归吾可矣。此两小时中，当予伯爵以自由。半小时后，夫人请即往见侍卫长。今别矣，行再相见。"遂磬折去。夫人就室隅静坐久之，中心跃跃而动，万念复纷起，有若潮涌。如是可半小时，即至侍卫长室外，嫣然作情笑曰："麦歇侍卫长，曾见吾家公爵否？"侍卫长夙艳夫人美，平昔不能一通款曲，辄引以为恨。今见夫人惠然下顾，似被殊荣，即力嬲夫人，与之絮语。方笑语间，忽见侍从官康斯顿坌息而至，启吻言曰："夫人，陛下在私室中有事召见，请即入觐。"夫人颔首，立从康斯顿行。

入私室时，拿破仑方鞫讯孟德佩洛夫人，声色俱厉。见夫人入，则怒目睨之。夫人磬折至地，曼声问曰："陛下奚事见召？"拿破仑大声曰："喀瑟玲，吾闻奈伯格与尔交好，往来綦密。彼昵近皇后，妄思非分，尔亦有所知否？脱有所知，可直陈无隐。在吾虽觉难堪，然尚有勇气自持，尔第言之可也。"夫人侃侃言曰："皇后淑德懿范，久为国人所钦仰，陛下当亦知之。即奈伯格伯爵，臣妾亦素识其人，宅心甚厚，事上以忠，胡敢冒此不韪。陛下果不信者，臣妾敢以身家性命为保。"孟德佩洛夫人亦曰："皇后母仪天下，安有不德之事？臣妾与皇后朝夕相处，知之甚深。奈伯格伯爵此来实奉奥国皇帝命，省视皇后。昨夕入宫，但达奥帝之意，初无他事，第以陛下曩尝禁其入宫，故不得不出以秘密。虽迹近暗昧，心实无他也。"夫人立曰："陛下听之，孟德佩洛夫人之言，实出真诚。皇后及奈伯格伯爵中心坦坦，无一事不可告人者。臣妾既识奈伯格伯爵，又时侍皇后，平日言动，无不备悉。愿陛下信之。"拿破仑微吐其气，沉声言曰："果能如尔所言，宁不甚佳。然昨夕之事，吾终不能无疑。"夫人恳切言曰："陛下既不信臣妾所言，可一试之。今日皇后尚未离其寝内，无由知外间之事。陛下可令孟德佩洛夫人入白皇后，谓奈伯格伯爵在前室中求见，索书归报奥国皇帝。皇后之贞否，即可于此见之矣。"拿破仑凝思有顷，立首肯曰："此策良得，姑一试之。"因力握孟德佩洛夫人腕，正色诏之曰："尔闻公爵夫人语否？可如言白皇后，唯吾禁尔入寝内，但于门次言之，吾则在书室中监尔，一言一动，胥不能逃吾眼睫。"孟德佩洛夫人颤声以应，越书室至寝门外。拿破仑急起从之，挟公爵夫人同坐室隅，屏息以须。孟德佩洛夫人立寝门之次，扬声言曰："皇后陛下，奈伯格伯爵在前室中求见，索书归报陛下父皇，陛下愿见之否？"时皇后方起，固已知奈伯格被执事，因故作懒声曰："吾不愿晤见其人，容修一小简，以报父皇。吾殊弗解奈伯格既为皇帝陛下所逐，胡又觍颜入此宫门？人之无耻，一至此耶？"拿在书室中备闻其语，不期微笑。皇后语已，则至一镂花小桌之次，走笔可二三分钟，始纳笺于封，授书孟德佩洛夫人曰："尔将书授奈伯格伯爵，谓吾不愿见彼。"孟德佩洛夫人受书，返身至于室心，皇后寝门亦随合。拿破仑一跃起，攫其书读之。二妇忧惧交并，窥其颜色。拿读书，笑容立展，捧其笺吻之，欢然呼曰："吾挚爱之路易瑟，彼爱吾深也。"又顾公爵夫人及孟德佩洛夫人曰："尔二人语殊非妄，吾心滋悦。书中力诋奈伯格，振振有词，并恳父皇后此勿复遣此人来法，贻人口实。即此一书，已足见皇后贤德，吾疑释矣。"语次，力执公爵夫人耳，示其悦怿。夫人摸其耳，展颜作微笑曰："陛下今后可无疑矣。唯奈伯格伯爵如何，当杀之否？"拿破仑立曰："否，吾当纵之去，唯后此不许更入吾宫，用示惩创。"语至是，呼罗斯丹入，取片纸作数字，并案头佩刀授之曰："以此纸授侍卫长，以此刀授奈伯格伯爵。"以下无语，顾公爵夫人而笑。罗斯丹颇错愕，磬折而退。方是时，萨佛利及侍卫长疾奔而入，喘且言曰："陛下，奈伯格伯爵死矣。"拿破仑大声曰："乌得遽死？尔曹殆已处以死刑耶？然午刻未届，胡可轻率从事？"萨佛利曰："陛下，臣未尝抗命。第以伯爵越窗图逃，适为侍卫长所见，故枪杀之。"拿破仑曰："然则其人已死耶？"侍卫长曰："似已死矣。时麦歇福歇适过窗下，即舁其尸以入医院。"拿破仑微喟曰："伤哉是人，伤哉是人。"时福歇忽趋入曰："陛下，奈伯格伯爵未死。侍卫长发枪初未命中，弹掠头上过，伯爵下窗后，即狂奔而去。臣追之数里，始获其人。今方羁留臣家，须解入宫中否？"拿破仑曰："此人尚无大过，朕拟赦之，属彼趣返奥地利，勿复入吾国境。并还彼佩刀，俾他日用之疆场上也。"语既，复力执福歇耳曰："福歇，尔为吾追获逃人，亦殊可嘉。当赐尔法郎二千，以旌尔功。"时勒佛孛尔公爵亦至，拿立与握手曰："奈伯格伯爵之嫌已解，吾已赦之矣。"公爵磬折无语，微睨夫人。夫人流眄示意，含娇而笑。而拿破仑殊弗觉，躩步入皇后寝内矣。越数日，皇后知福歇救其所欢，感激万状。为言

于拿，复警务总监职。一千八百十四年，拿破仑为联军
所败，被放之爱尔巴岛。是时后已封派麦公爵夫人，因
赴派麦。而奈伯格伯爵复潜至，日侍其侧。尝含笑语人
曰："六阅月中，吾姑为彼情人。后此则当夺拿破仑之
席，而为彼夫。"于是从后，至派麦，复同作欧洲南部
之游。拿破仑在爱尔巴岛中，苦念其妻，时命使者赍书
归，顾皆为奈伯格所截，罕有入后手者。间为后得，则
亦付之一炬，初不启视。后赴瑞士，两心相印益深。夜
中无事，辄骈坐红灯影下，调琵琶，同唱情爱之歌。如
是六月，而赫赫法兰西帝后玛丽路易瑟，遂枕首于情人
奈伯格伯爵臂间，不复忆万里投荒之拿破仑矣。迨拿破
仑自爱尔巴归，奈伯格亦被召回奥，统军出战。后中心
滋戚，时以情人为念，花晨月夕，辄背人雪涕。厥后滑
铁卢一役，拿破仑复大败，放于圣海伦那孤岛。奈伯格
复至，后欢然语之曰："感谢上天，吾事了矣。今日天气
大佳，曷从吾一游麦根斯丹乎？"遂以马同出，由是而
后，心目中无复拿皇片影。然拿破仑蛰处荒岛，时切驰
思，屡屡投书存问，而后终不报。后拿亦微闻其事，心
虽弗悦，仍以旷达处之。平日与左右闲谈，未尝少恝其

妻。一千八百二十年，后竟下嫁奈伯格，双飞双宿，情好无间。翌年，拿破仑病死孤岛。临终谓医士安托麦企氏曰："吾死后，请抉吾心内酒精中，将之派麦，贻吾至爱之玛丽路易瑟。并谓吾仍爱彼，初未中变也。"后闻其语，亦漠然无动于衷，爱奈伯格如故。奈固美丰姿，工词令，女流皆悦之。其人且以勇闻，为奥国名将之一，战中尝受创，眇一目，顾亦不损其美。一千八百二十九年，以病卒。后葬之于喀拉拉，树丰碑于墓上，称之为至爱之夫婿。至忠之朋友云。逾年，哀悼之情渐杀，又倾心于一庞培尔伯爵，爱之如奈伯格。后忽生厌，情丝遂绝。会朝中有乐师日茄尔士勒考姆德者，美少年也。后见而悦之，立与之通，尝谓是人之可爱，非言可喻云。后卒时，年已垂暮，一生以荡佚自放，无足称善。尝为拿皇生一子，称罗马王，顾视若路人，不之爱也。

（原载《世界秘史》，中华图书集成公司 1919 年 1 月 10 日初版）

关于《一生低首紫罗兰——周瘦鹃文集》

凡欧美四十七家著作，国别计十有四，其中意、西、瑞典、荷兰、塞尔维亚，在中国皆属创见，所选亦多佳作。又每一篇署著者名氏，并附小像略传。用心颇为恳挚，不仅志在娱悦俗人之耳目，足为近来译事之光。唯诸篇似因陆续登载杂志，故体例未能统一。命题造语，又系用本国成语，原本固未尝有此，未免不诚。书中所收，以英国小说为最多，唯短篇小说，在英文学中，原少佳制，古尔斯密及兰姆之文，系杂著性质，于小说为不类。欧陆著作，则大抵以不易入手，故尚未能为相当之绍介；又况以国分类，而诸国不以种族次第，亦为小失。然当此淫佚文字充塞坊肆时，得此一书，俾读者知所谓哀情惨情之外，尚有更纯洁之作，则固亦昏夜之微光，鸡群之鸣鹤矣。

以上文字，是当年在教育部任职的鲁迅，审读了出版社送审的周瘦鹃《欧美名家短篇小说丛刊》后，和周作人一起写的审读报告。这篇审读报告，最初发表于1917年11月30日《教育公报》第四年第十五期上。从这篇审读报告里，可以看出周氏兄弟对周瘦鹃的这部翻译小说的看重。

周瘦鹃的《欧美名家短篇小说丛刊》于民国六年作为"怀兰集丛书"之一种在上海中华书局出版，分上、中、下三卷，天笑生、天虚我生和钝根分别作了序言。天笑生在序言中肯定了周瘦鹃的文字"自有价值"。天虚我生更是对这部巨制不吝赞美之词。钝根在序中说到周瘦鹃爱读小说时，介绍他这位朋友境况是"室有厨，厨中皆小说。有案，案头皆小说。有床，床上皆小说。且以堆垛过高，床上之小说，尝于夜半崩坠，伤瘦鹃足，瘦鹃于是著名为小说迷。"可见周瘦鹃热爱小说的程度，也就不难理解他耗费一年多的时间，来翻译这部《丛刊》了。该书上卷曰"英吉利之部"，共收英国短篇小说十余篇。中卷分为"法兰西之部""美利坚之部"。下卷分"俄罗斯之部""德意志之部"等欧洲多国的短篇小说。而且几乎在每篇小说前，都有原作者小传。通过小传，大体能了解作者的生平和这部小说的写作背景，让读者能更好地理解小说。该书一经出版，影响很大，一时有"空谷足音"之誉，也给周瘦鹃带来很大的知名度。

关于周瘦鹃其他的原创文学，我们在《周瘦鹃自编精品集》（广陵书社 2019 年 1 月出版）的编后记里，曾经有过简略的介绍：

　　周瘦鹃的写作，一出手就确定了他的创作方

向，即适合市民大众阶层阅读的通俗文学。他发表的第一篇作品《落花怨》(1911年6月11日出版的《妇女时报》创刊号)，就带有浓郁的市井小说的味儿，而同年在著名的《小说月报》上连载的八幕话剧《爱之花》，同样走的是通俗文学的路子，迎合了早期上海市民大众的阅读"口感"，同时也形成了他一生的创作风格。继《爱之花》之后，他的创作成了"井喷"之势，创作、翻译同时并举，许多大小报刊上都有他的作品发表，一时成为上海市民文化阶层的"闻人"，受到几代读者的欢迎。纵观他的小说创作，著名学者范伯群先生给其大致分为"社会讽喻""爱国图强""言情婚姻"和"家庭伦理"四大类。"社会讽喻"类的代表作有《最后之铜元》《血》《十年守寡》《挑夫之肩》《对邻的小楼》《照相馆前的疯人》《烛影摇红》等，"爱国图强"类的代表作有《落花怨》《行再相见》《为国牺牲》《亡国奴家里的燕子》等，"言情婚姻"类的代表作有《真假爱情》《恨不相逢未嫁时》《此恨绵绵无绝期》《千钧一发》《良心》《留声机片》《喜相逢》《两度火车中》《旧恨》《柳色黄》《辛先生的心》等，"家庭伦理"类的代表作有《噫之尾声》《珠珠日记》《试探》《九华帐里》《先父的遗像》《大水中》等。他的这些成就的取得，不仅在大众读者的心目中影响深远，也受到了鲁迅等人的肯定。1936年10月，鲁迅等人号召成立文艺界抗日民族统一战线，周瘦鹃作为通俗文学的代表，也被鲁迅列名参加。周瘦鹃在《一瓣心香拜鲁迅》中还深情地说："抗日战争初起时，鲁迅先生等发起文化工作者联合战线，共御外侮，曾派人来要我签名参加，听说人选极严，而居然垂青于我。鲁迅先生对我的看法的确很好，怎的不使我深深地感激呢？"翻译和创作通俗小说而外，周瘦鹃还创作了大量的散文小品。他的散文小品题材广泛，行文驳杂，有花草树木、园艺盆景、编辑手记、序跋题识、艺界交谊、影评戏评、时评杂感、书信日记等，涉及社会生活的多个方面。此外，周瘦鹃还是一位成就卓著的编辑出版家，前半生参与多家报刊的创刊和编辑工作，著名的有《礼拜六》《紫罗兰》《半月》《紫兰花片》《乐园日报》《良友》《自由谈》《春秋》《上海画报》《紫葡萄画报》等，有的是主编，有的是主持，有的是编辑，有的是特约撰述。据统计，在1925年到1926年的某一段时间内，他同时担任五种杂志的主编，成了名副其实的名编。另外，他还写作了大量的古典诗词，著名的有《记得词》一百首、《无题》前八首和《无题》后八首等。

周瘦鹃一生从事文艺活动，集创、编、译于一身。在创作方面，又以散文成就最大，其中的"花木小品""山水游记""民俗掌故"被范伯群称为"三绝"（见范伯群著《周瘦鹃论》）。而"三绝"之中，尤其对"花木小品"更是情有独钟，不仅写了大量的随笔小品，还成为闻名天下的盆景制作的实践者。据他在文章中透露，早20世纪20年代末期，他就在苏州王长河头买了一户人家的旧宅，扩展成了一个小型私家园林。从此苏州、上海两地，都成了他的活动基地，在上海编报刊、搞创作，在苏州制作盆栽、盆景。而早年在上海选购花木盆栽的有关书籍时，还曾巧遇过鲁迅。在《悼念鲁迅先生》一文中，他透露说："记得三十余年前的某一个春天，一抹斜阳黄澄澄地照着上海虹口施高塔路（即今之山阴路）口一家日本小书店，照在书店后半间一张矮矮的小圆桌上，照见桌旁藤靠椅上坐着一位须眉漆黑的中年人，他那瘦削的长方脸上，满带着一种刚毅而沉着的神情。他的近旁坐着一个日本人，堆着满面的笑正在说话。这书店是当时颇有名的内山书店，那日本人就是店主内山完造，而那位中年人呢，我一瞧就知道正是我所仰慕已久的鲁迅先生。"买有关盆栽的书而邂逅鲁迅先生，周瘦鹃自称是"三生有幸"，而此时，他还不知道鲁迅曾经大加赞赏过他的《欧美名家短篇小说丛刊》。鲁迅也偶尔玩过盆景的，他在散文集《朝花夕拾·小引》里，有这样一段话："广州的天气热得真早，夕阳从西窗射入，逼得人只能勉强穿一件单衣。书桌上的一盆'水横枝'，是我先前没有见过的：就是一段树，只要浸在水中，枝叶便青葱得可爱。看看绿叶，编编旧稿，总算也在做一点事。"这个"水横枝"，就是盆栽，清供之一种，如果当时周瘦鹃能够和鲁迅相认，或许也会讨论一下盆栽制作也未可知啊。

这次编辑出版《一生低首紫罗兰——周瘦鹃文集》文丛，是在《周瘦鹃自编精品集》的基础上，对周瘦鹃主要作品的又一次推介，或者说是一次延伸。文集中不仅收入了他很多的原创作品，如小说、随笔、小品、序跋、后记、编后记等等，也收入了他的翻译小说，即从他的那部影响深远的《欧美名家短篇小说丛刊》里，精选了部分篇什，分为《人生的片段》和《长相思》两册。周瘦鹃的其他原创作品，除《花花草草》之外，也精选了一部分代表作，编为六册，分别为《礼拜六的晚上》（散文随笔）、《落花怨》（短篇小说）、《女冠子》（短篇小说）、《喜相逢》（短篇小说）、《新秋海棠》（长篇小说）、《紫罗兰盦序跋文》等，这些作品和《花前琐记》《花前新记》等作品一起，代表了周瘦鹃一生中的主要创作成果。

由于水平有限,在选编过程中不免会有不妥或失当之处,敬请读者朋友们多多批评指正!

陈　武

2019 年 7 月 25 日高温于花果山下